木島始論

神品芳夫

土曜美術社出版販売

木島始論

神品芳夫

目次

木島始論

第一章　「幻」の木島始詩集

一九五三年に未來社から刊行されたまま絶版になっていた『木島始詩集』の復刻版が、二〇一五年になってようやくコールサック社から出版された。幻の詩集としてその存在だけは噂されていたものだったが、復刻版を目にして、敗戦の頃の世の中に一気に引き戻される気分になった。そこには、戦争末期から敗戦後の混乱期に日本社会で起こったさまざまな破滅の様相が活写され、その間に日本人が何を思い、何を願ったかが、詩人の若く純粋な心に照らして表現されている。しかも筆致が斬新で、緊迫力がある。

詩集は七部に分けられていて、第一部は「詩・わが年代記」という題名をもち、博物館に譬えれば、正面のホールの展示である。冒頭の詩「起点——一九四五年——」はいきなり衝撃の事態から始まる。

ねじまがった

真鋳《ママ》の
ボタンと
帽子の
校章だけが
これだ
これが彼の
屍骸だと
生きのこった
ぼくらに
わからせた
……

これだけの言葉で、何が起きているのか、だれにも分かる。原爆が投下された日、焦土と化した街に転がる屍、ぼろぼろの制服のボタンと帽子の徽章から、どの学校の生徒だと分かれば、やっと収容の作業が始まるだろう。詩は極度に短い行の突き上げが鋭い。

一九二八年京都生まれの木島は、一九四四年に岡山の旧制第六高等学校に入学し、学寮で生活していたが、アメリカ軍の空襲が烈しくなって、寮が全焼したのちは、広島に近い西高屋にある製鉄工場建設現場に勤労動員で出向いていた。そこで四五年の八月六日を経験したのである。木島は当時、新型爆弾の正体もよくは分からぬままに、広島から流れて来る負傷者の看護に協力した。死傷者のなかには彼の学友もいたのである。二次被曝の危険をあとで知らされて脅えた。

そして詩「起点――一九四五年――」は八月十五日の敗戦の日に及ぶ。「あの日」、とつぜん歴史の本当の姿が明るみに出たことを、詩は次の詩句をもって言い表す。

目隠しされていたことさえ
わからなかったほど
いまいましい過去はない

戦争の真実をなにも知らされないまま「一億一心」の名のもとで破滅の谷へ引きずり込まれていたことを、終戦後初めて知ったという「銃後」の怒りが爆発する。

つづく詩は「戦後――一九四六年――」で、食糧難のみじめな世相や、ぼろぼろの服や靴や、そのくせむやみに性欲を駆り立てるエログロ雑誌の氾濫を表示する。

ぼくは　飢える
ぼくは　買出す
ぼくは　警官の眼をくぐる
ぼくは　並ぶ
ぼくは　車両にぶらさがる
………

「警官の眼をくぐる」も「並ぶ」も「車両にぶらさがる」も、必死で食糧を入手しようとする行動である。敗戦後の一、二年は一番食べ物が不足した。木島にとっては、ちょうど自我の尊厳を確立して、自分の将来の道についても考えなければならない時期でもあるのに、とりあえずは明日の食糧買い出しのために農家めぐりをする、そんな生活がしばらくつづいた。

けれども焼跡・闇市の生活に一条の光も射してくる。詩「師よ――一九四七年・中井正一氏に――」は、光を届ける一人の師の存在をうたう。それは中井正一先生。京都の哲学者だが、思想上の嫌疑を受けて、特高警察の取調べを受けていたこともある。戦後は郷里の尾道で過ごしていたところ、乞われて岡山の旧制六高のために特別講義を引き受けてくれたのである。「いまいましい過去」を思い知らされて「絶望のむなしさ」に落ち込んでいたところに、中井先生は「指標を」「あの花蕚がうちふるえて従うという太陽への指標をしめしてくれた」というのである。さらには、

ぼくらの教場には
すでに戦後の国土をおおうゼネストの響がたちこめていた

と書かれているところをみると、中井は精神的な蘇生を促したばかりではなく、新しい国のあり方について、革命的な方向を示唆したものと思われる。

しかしそれにつづく数篇の詩は、戦時態勢から新しい社会への復帰ないし進転がかならずしもうまくいったわけではないことを、詩人は振り返っている。戦争が終わって、みんな一斉の再出発と思われたが、実際にスタートしてみると、戦争中に蒙ったさまざまな深手が反応して、学園への復帰に挫折したり、横道に逸れたりする人たちも見られたという。

第一部の最後に来る「虐殺——一九五二年五月一日——」は血のメーデーを扱っているが、言葉の烈しさの割りには、戦争体験の詩に比べると現実感に乏しい。

しかしここで詩人は方向転換する。第二部の表題は「動物・鉱物・植物」で、まず屠畜場へ追い込まれる牛の群れや、烈しい雨風に耐えている畑の麦をうたう。それにより人間以外の生物の発揮する生命エネルギーに注目する。それを受けて疾駆する電気機関車がうたわれる。木島は大学に進学して、東京生活を始めていたのである。

前方へ放射される視界。

伸びさぐり、ビルディングの胸に触れ。
垢に汚れ、肉刺《まめ》あらい都会の横っ腹を撫でてゆく。
速度が喚起し。
加速度があふる鋼鉄と鋼鉄との激突。

牛の群れや麦畑の詩のあとに置かれるから、電気機関車も活力あふれる大きな生き物のように見えてくる。電気機関車が引っ張る車輌に詰め込まれた「通勤人群」はまったく異なる性質だ。

眩しいものには何でもまいる
飼犬の習性がひょろついて
うなだれてもうなだれてもパン屑にはありつこうと
後から後からの目白押し

戦後社会の基盤となるサラリーマン層の習性などをいち早く把握しているのも驚きである。

サラリーマンの集団に対比されるのが「主婦たち」の集団である。わが子をあやしながら夕暮れ時の買い物をする主婦たちの姿が、ここでは日本再生のたくましいエネルギーの象徴として描かれている。

第三部「谺（こだま）」に入ると、舞台ががらっと変わって、透明な山水の風景。そのなかを甘美な詩想のアダージョが流れる。愛の調べだ。しかし各詩の末尾に記されている成立年を見ると、ほとんどが一九五〇年であり、戦後世相がいぜんとして緊迫しているなかで、日常の苦闘に耐えながら育む愛から、張りつめたラブソングが歌い出される。

海よりも深くおまえの眠りのなかに、
この、星の落ちてゆく夜、
眼を休めえぬ私を、
恋人よ、沈めておくれ、

あますところなくひろびろと、
しかし、夜明けてする私たちの苦悩の重さを撰りわけて。

重い苦悩をかかえて眠れない自分をおまえの眠りの大きな海に受けとめてほしいというような愛の願いが基調になっている。しかしここに立ち並ぶ十五篇の愛の詩が、すべて特定の女性との交わりから生じたものではないであろう。たとえば「とおくのひとに」と題する一篇では、遠隔の地にある工場の寮で教育担当をしている女性に愛の言葉を捧げるという詩もある。

第四部「星芒よ、瞬け（長詩）」は放送用朗読劇のような作品。戦争末期、十一歳で集団疎開していたときの苦しい思い出をこもごも語る。登場するのはヨシオ、ミツコ、キミコの三人。両親から離れ、食糧は極度に欠乏し、病人が続出したなどの状況をヨシオが語る。ミツコは、仲良しのキミコが脱走し、こっそり東京に帰った後消息を絶った話をする。そして不在のキミコに呼びかける。それから七年を経過して、死者のキミコが級友たちの問いに答えて、運命の日のことを告白する。キミコが語る。

あれからもう七年になるのね。
はげしい時代の変転にもかかわらず
ただひとすじ真実をもとめる
あなたがたの雄々しさと健気さとが
わたしにわたしの最後の模様を語らせる。

そしてキミコが述べるには、疎開先のお寺の本堂から駆けだしていったのは一九四四年十月二十二日の夜、「なにかしら懐しい、魔法のような／音楽のような魅惑の力が、／わたしを引っぱっていったのだわ」という。病的なホームシックをこのように表現したのが心に応える。虫のすだくのが「お母さん！　お母さん！」と聞こえた、とも言っている。東京行きの汽車に潜り込んだら、食糧の買い出しから帰る人で満員だったとのことだが、それは違うだろう。食糧買い出しの光景は戦後になってから見られたことだ。いずれにせよ、キミコは明け方に無事に東京に着いたが、そこで空襲警報のサイレンが鳴り、自宅にたどり着くまでにもう爆撃が始まり、キミコはお母さんの腕の中に飛び込む前に火に巻かれたという。最後に死者キミコは級友たちのために日本のためにひたすら平和を祈願して、ラジオドラマは終わる。

第五部「直射」では、現代世界のあちこちで起こった事件で巻き添いになった人に追悼の思いを陳べる詩を集める。詩「五・三〇の兇弾にたおれた小学校教員の妹よ」は、朝鮮戦争勃発当時、まだ敵と味方が明確でなかった頃、「裏切り者の兇弾」に当たって死んだ朝鮮人教員の妹を慰めようとする作品である。「殺された兄は生きている！」のルフランが響きわたる。詩「痛む――宮本百合子に――」は、この作家のことを「五十年の生涯をひたむきに『魂の技術』に捧げつくした人」と称えている。一九五一年に亡くなったポール・エリュアールには、「詩人よ、あなたは　わたしを　育む、あたかも　詩の『母なる大地』のように」（詩「ポール・エリュアール」）とうたっている。

そしてこの詩集の末尾には長篇詩「蚤の跳梁」がくる。戦争にまつわる長篇叙事詩であるが、これまでの詩と違って、戦争を利用して悪だくみをする者のことを取り上げている。主人公はエリート軍医であるが、軍部上層から特別の信頼を得て、満州と中国の地で細菌戦についての研究と実践を行うのである。それはノミ、ハエ、カ、ネズミなどを使ってペストなどの病原菌を俘虜の体内に注入し、敵の領内にばらまくという作戦であった。陶器製の弾丸に虫を詰め込んで、低空飛行で敵地に飛んで落とすという計画を実行した。現地の実践には自ら手を染めず、しかし軍上層部への報告では、自分の勲功として伝えた。計画は半ばにして戦争は終わってしまったが、終戦後はいち早く実験の痕跡を消して内地へ引き上げ、今度は新たな情勢のもとでアメリカやドイツの関係者に細菌戦の可能性について得意げに講演しているという。戦争が起これば、多数の人々が死傷し、凄惨な運命に追い込まれるが、その一方では戦争という特殊な状況を利用して陰惨な殺傷計画を推進して利得に走ろうとするような悪辣な人間も出てくることを暴く作品である。

以上が「幻」の『木島始詩集』のあらましである。戦中から戦後に起こったことを二十歳頃の多感な若者が書くのだから、自分自身がじかに体験したことを書き綴ったものかと予想していたが、そうではない。たしかに冒頭の数篇は著者自身の痛切な体験から生まれたものであるが、みるみる視野が広がって、戦争の被害を受けたさまざまな人の運命に目を向けるばかりか、苦しみをくぐり抜けたことでめぐり会った男女のひたむきな愛のすがた、学童疎開のなかから生まれた悲劇、さらには戦争を利用して自分の細菌戦構想を実験しようとする軍人など、戦中戦後のさまざまな様相を一巻の詩集に織り込んでいるのである。戦争中の若者の深くて広い関心に驚かされる。

この詩集に跋文を寄せた野間宏は詩「虐殺」のなかの次の二行を引用している。

凝血の重さにふるえる芝草のみどりの葉さきよ
絶望的な反撃にでる無垢なひとびとよ

経験豊かな詩人は、若々しい詩人のなかに、自由と平和をひたすら求める民衆の心に触れる独特の感覚が備わっていることを感じ取ったのであろう。おそらく詩集の出版も野間の推薦によって可能になったのであろう。

それにしても、木島はなぜこの詩集の存在をその後ずっと黙っていたのであろうか。じつはこの詩集のなかの主要な作品は、のちに刊行した思潮社版『木島始詩集』（一九七二年）や土曜美術社出版販売版『新 木島始詩集』（二〇〇〇年）、あるいは詩集『千の舌で』（新日本

文学会詩人叢書　一九七六年）にばらで再録されている。再録されなかったものについては、たとえば彼はのちに詩「師よ」について、「読み返してみると、あまりに幼く*」と振り返っているように、あの詩集での表現自体を全般的には青臭いと感じていたのであろう。したがって著者本人としては最初の詩集は無視したわけではなく、取捨選択のうえで、再録すべきものは適宜別の詩集に再録し、旧作の処理は終えたつもりだったのだろう。ところが著者の死後十年を経過して、コールサック社によって旧版のままの復刻版が刊行されてみると、やはり詩集全体として戦後詩集のういういしさが香り立っていたのである。やがて練達の詩人に成長することになる青年が戦中戦後の激動の時代を当時の若者の感性で生き抜いていく様子が読み取れるからである。復刻版には山田太一、信長貴富、佐川亜紀、有馬敲、水田宗子、中村不二夫、こたきこなみ、田部武光、それに夫人の小島光子がメッセージを寄せている。なかでも中村不二夫は「戦後詩遺産としてこの『木島始詩集』は田村隆一の詩集『四千の日と夜』と双璧である。とくに、戦後的知性に一撃を加えた長編『蚤の跳梁』の批評精神は圧巻である。［中略］この復刻版刊行を機会に、各所で木島始論が活発に展開されていくことを願いたい」と述べている。なお、脚本家の山田太一には「星芒よ、瞬け」か「蚤の跳梁」をドラマ化してもらいたかった。

＊　木島始『群鳥の木』（創樹社　一九八九年）一六〇頁。

第二章　市民革命派のたゆたい

木島始の選詩集には四種類がある。未來社版『木島始詩集』（一九五三年）、思潮社版『木島始詩集』（一九七二年）、土曜美術社出版販売版『新 木島始詩集』（二〇〇〇年）、そして土曜美術社出版販売版『新々 木島始詩集』（二〇〇三年）である。そのうち長く入手困難となっていた未來社版のものが、二〇一五年にコールサック社の復刻版によって甦ったのである。私はこの復刻版で幻の『木島始詩集』[*1]を初めて読み、目を見張った。戦争がきめつける途方もない理不尽な現実に対して強烈な言葉の拳を突き上げる作品の傍らには、別世界のような愛の澄みきった調べも奏でられている。私にはこの詩集が、戦後詩の源泉の一つであるように思えた。そこで私の所属する「二十世紀文学研究会」がたまたま企画したエッセイ集『読書空間、または記憶の舞台』（風濤社　二〇一七年）に「日本市民革命派詩人の出発――『木島始詩集復刻版』」と題してこの詩集についての書評を書いた。その書評をもとに本書の第一章が構成されている。

そこで私はこの機会に、この希有な詩集から始まる木島のその後の活動をたどって、詩人の全体像を明らかにしてみたいと思い立ったのである。私の勝手な想像かもしれないが、木島始という名前はかなり広く知られていても、彼の活動分野が多岐にわたるため、その詩人像は人々のあいだで分散しているように思われる。そこで私は、彼の仕事の各分野に目を配りつつ、それをまとめて詩人木島始の実像に迫ってみたいと思うのである。

木島始は本名小島昭三。一九二八年の生まれで、二〇〇四年没。長じては中南米系を思わせる洒脱な風貌を備えているが、京都の呉服問屋の五男坊だった。父勘市は岐阜県羽島郡中屋町の出身。十六歳で京都へ奉公に出て、大正八年に呉服問屋を開業して独立し、木島が生まれた頃は三十人の従業人を擁して商売は順調満帆だったが、戦争が深まると、当時の岸信介商工大臣の発案で贅沢品禁止令が出されるなどして、世の中の風潮が一変し、呉服商は廃業に追い込まれた。その後、「岸はきらいだ」が口ぐせだったという。

木島は旧制京都二中を経て岡山の旧制第六高等学校に入学したが、入居していた学生寮が米軍の空襲で全焼し、広島方面の工場に動員されていたときに原爆に遭遇したことについては、第一章で記した通りである。被爆はしていないけれども、あの特別の光と雲に遭遇したのは事実である。広島市内で被爆して戻ってくる学友の救護にも当たった。このときのことを題材にして、木島はのちに短篇「死の蛆[*2]」を書いた。彼はいわゆる原爆文学には強い関心をもちつづけるが、彼自身が原爆関連のことを書いたのは、一部の詩を除けばこの作品だけである。彼が同じ蚊帳のなかで共寝をしていた被爆者の身体に蛆がわいたという話である。

この作品に関連して、のちに一九八七年のことであるが、木島は原爆文学に関する講演を行い、そのなかでマクミランという有名出版社から出た『核戦争の悲惨さをめぐる小説群』と題するアンソロジーのことを取り上げている。そこには原爆関係の作品リストがあって、二百五十ほどの作品が挙がっているが、日本人のものは丸木位里の画集以外は一点もない。井伏鱒二の『黒い雨』も、良い英訳があることが分かっているのに挙がっていない。掲載されている英米の作家の作品はほとんどサイエンス・フィクション系だそうである。木島は次のように結論づけている。「原爆を作って落とした側は、それによって人類の未来はどうなるかということを、きわめて空想的に、空想的だけれど深刻に考える」が、しかし原爆を落とされた側は、「現実体験の方に収斂されていて、それに固執せざるを得ない」[*3]と。このとき木島は、短篇ながら、あくまで現実体験にこだわった自分の作「死の蛆」を思い出していたにちがいない。

木島の人間形成にとって、「原爆を落とされた側」の人間を自覚することは重要だった。さらに同じ重要度をもつのは、あの未來社版『木島始詩集』の冒頭の詩「起点——一九四五年——」の末尾に出てくる「だがああ／目隠しされていたことさえ／わからなかったほど／いまいましい過去はない」の句に込められている認識である。この二つの体験的認識が、詩人木島始の人生を一貫していたと私は思う。その社会意識が戦後の日本社会を通過することで生まれたのが長詩『日本共和国初代大統領への手紙』（一九七五年）である。この章では主としてこの作品を扱うつもりであるが、しかしその前に、木島にはもう一方で若いうちから人間や自然の生命感覚を躍動させ、それを深く把握したいという願望がひそんでいたことにも注目しなければならない。木島文学の特質は、大局的に見れば、社会意識と生命感覚の絡み合いであり、そしてこの両方向の融合をこそ目標にしている、と言ってよいのではないか。そこでこの章では、彼の育成期において生命感覚と社会意識とがそれぞれに育ちつつ関わり合っていく形に目を向けながら、『日本共和国初代大統領への手紙』に進みたいと思う。

戦後、まだ旧制高校在学中に哲学者中井正一の特別授業を受けるが、この体験は原爆体験等によって硬直していた精神を解きほぐすのに大いに有効であった。のちに木島は当時の中井のことを、「わたしという精神の夭折した屍体にとって『蘇生のための太陽への指標をしめしてくれた』*4」と回顧している。これが木島の知った人生最初の生命感覚である。それが未来社版『木島始詩集』のなかの「牛」「麦」「鳩」などの生命体の凝視へとつながる。

「吃立するポプラの梢」（詩集『私の探照灯』所収）という詩では、「芽ぶくとき　わたしはいつも　背伸びする」の一句から始まり、終盤には、

そこ　青い空の急所へと
飛翔するものの敵中ふかく
まるで突き刺しているかのように

空の乳房を　撫でているポプラの梢よ

という大胆な捉え方を見せている。ポプラという民衆の意を含む木が空を見るとき、一方ではそこに憎むべき王侯貴族が見え、他方では豊満な女体が見える、というのである。闘う姿勢とエロスを含んだイメージに木島らしさが出ている。

評判の詩画集『手』では、二行一連の各連が手のさまざまな生態を演出する。冒頭の、

もっとも縛られやすいもの　それは手だ
つまり　自由の尖兵なのだ　恐れられて

とか、

こころと眼にしたがって躍りでるものの
愛撫の主役となるのは　指のささやきだ

など、人間の手が演じるウソとマコトを愉快に暴き立てる二行仕立てのデッサン集である。

とりわけ注目したいのは詩「水」（思潮社版『木島始詩集』所収）である。

もっともいのちを司っている　水
肉体とはすばらしい管である
管にしみてしか味わいはない
愛撫となると知らずに
むさぼり吸いこむ赤んぼに
母から流れていく　水
信じきってきた渓流とおなじく
なかに魚を泳がせる楽しさ

山野を流れる水と体内を流動する水分とを対応させ、川を泳ぐ魚と体管中の微生物を対応させる。その際、川に魚が棲むのではなく、川が魚を泳がせると、川を主体として表現するよう視野を変換する。そのような視野変換を通じて暗喩表現の領域を広げているのである。動物から自然物、そして人体の部位を観察する一連の詩は、ストイックな事物表現のように見えるが、生物を生物たらしめている生命現象の魅惑を探り当てようとする狙いがある。

木島は旧制六高を卒業後、東大文学部英文学科に学んで卒業しており、その間に新しい文学の世界に目を開かれていた。卒論ではフォークナーの『八月の光』に取り組んだが、他方ではアメリカの黒人文学や音楽の世界に関心をもち、大学卒業後はその方面の研究と翻訳に従事するようになる。これについては次の章で述べるつもりである。

また他方ではマザーグースにも興味をもち、詩画集『イギリスのわらべうた』を出版した。その後光子夫人とのあいだに二人の女児が誕生したのもきっかけとなって、自ら童謡風の詩を書くようになる。

「あさ」と題する詩（詩集『もぐらのうた』所収）は、「めが　さめる／　まま　いない／／　め

が　さめる／　まくら　どこ／／　めが　さめる／　ねむい　ねむい／／　めが　さめる／みるく　のみたいな」（全）とあり、わが子と長い一日を過ごしている様子が見えてくる。ルフランと交替句の組み合わせによって各連を組み立て、各行同数のシラブルとし、最終行だけ一音増やして締めくくるなど、童謡の基本をふまえている。おそらく北原白秋や西條八十の同種の歌にもかねがね親しんでいたことだろう。

こんちわー　といったら
こんちわー　とかえってくる
こだまの　たにまを　あるいていって
ふと　みちにまよってしまい
わたしは　そらに　あしをかけ
さかだちの　こだまをきいていた

この「ふしぎなこだま」（同詩集所収）という詩などになると、ファンタジーの要素が加わってきて、自由な動きが試みられる。やがて童謡の枠のなかでも社会意識を組み入れたテーマが歌われる。次の「でなおすうた」（詩集『千の舌で』所収）は戦時からの復員のそれぞれのありさまを振り返る詩である。

あるものは野戦の地から
わたしたちは帰還した

古墳の秘密を
解読する
ノートへ

あるものは被爆の地から
わたしたちは帰還した

毒で変質する
細胞とらえる
レンズへ

あるものは疎開の地から
わたしたちは帰還した

下宿の畳へ
古本の押花へ
若すぎる遺書へ

童謡風の言葉遊びの流儀は、木島文学のなかで次第に大きく膨らみ、児童向けの物語や童謡の歌詞として、絵画や音楽とコラボしながら、新感覚のヒット作品となり、あるいは合唱曲に活用される。木島始といえば、子どもの頃親しんだ絵本の作者として、あるいは中学高校時代に入れ込んだ合唱曲の作詞者として記憶しているという人も多いだろう。この分野の木島の仕事については、のちにまた触れるつもりである。今回のところは、木島の社会批判的な詩作においても、童謡風の表現スタイルが活用されている点を指摘するにとどめたい。

以上見てきたように、木島は自然現象や人体の部位を対象にする暗喩表現の実験と童謡風の言葉遊びの詩作を進めてきて、そのなかで社会批判的な要素を組み込む工夫もしていたが、一九七五年にはその流れが一つの大きな結実を迎える。フューチャー風の組詩『日本共和国初代大統領への手紙』[*5]である。この作品は木島が爾後機会あるごとに版を重ねており、詩人自身も代表作の一つと見ていたようだ。この詩は成就した革命あるいは政変を仮定するものではあるが、詩の内容は新政権のトップに就任した人物がどんな事態に直面するか、すなわちその政治的挫折のプロセスを、親友が彼に送る手紙という形で描き出していくのである。両者は幼なじみという設定になっているので、手紙では遠慮のない情勢分析や見通しが語られる。「手紙」は電報一通を併せて全部で五通という構成である。

まず第一信「就任と棺」では、「『王の通俗性こそ国民大多数を嬉しがらせる』とはG・B・ショウの言い草だが、きみはまず嫌われたまえ」と言い、次の詩句がつづく。

スターの好きな群衆の眼が　きみを虹のなかにおしこめようが
ぼくは　雲の崩壊を跨ぐのが　朝の第一課で
落伍者の眼　ねむい忍従の眼で　眠りつけない
男だから　納豆の味のようにわかりよくはないだろう
だから　きみが新しく撰ばれてぼくらの共和国大統領に
昇格した機会に　ぼくはこの手紙を公開しよう

と宣言する。いささか理解しにくい詩句だが、その言わんとするところは、大衆の人気を求めるな、それに引き換えこの私は、前日の失敗の反省から次の日を始めるような、納豆の味のするような男だから、こういう男の意見を聞くのが今のきみには役に立つだろうと思うので、これから公開の手紙を送ることにする、という趣旨のようである。

そして第一信では天皇制に関わる希望を陳べる。

きみは　まず幻想の帝王を暗闇の石棺から
解放するのだ　あの可哀そうな崇神の偉大さ
かれは　考古学者の光線にさえ親しまれていない
地図もなしに美しい山嶺をきわめようというのが
ぼくたち詩人と軽んじられているものの通弊だが
ぼくは死人と幻想だけで通ずるよりは解剖図だ

ここで主張されていることは幻想の帝王崇神を石棺から解放して、考古学者の知識や詩人の幻想に委ねるよりも、まずは解剖の手に委ねるべきだという話になる。
そしてすぐ解剖学者の話題になる。

ブエノス・アイレスからきた解剖学者と話したとき

一天万乗の君　大元帥陛下の英語に苦しみ
ぼくは　ときにはキング King といってみたり
ときに　エンペラー Emperor と呼んでみたりして
戦争を命令したひとがそのまま退位もしない
不思議を説明できなくて　もどかしかった

と、昭和天皇の敗戦時の態度について、それとなく批判を加える。
しかし古墳の話はまだつづき、かつてある男が書いた「大古墳」という長詩からの引用がくる。

その大古墳には「それの墓築きのみでも百八十万
人の延人数を要すると計算された／　百八十万人といえば
千九百四十九年冬の／　日本の顕在失業人口といい勝負だ」

「この書きかたは即物的で　ぼくの好みにぴったり」と寸評を差し挟んでから引用をつづける。

「ぼくにはいまも老いも若きも男も女も／　一千貫の大石を営営として蟻のように／　曳いてゆく千五百年前の彼ら部民の姿が見える」「下っ端役人の笞の下で彼らの故里のアリランのようにかなしんでいる／　そのうらみつらみのうたごえが聞こえてくる」

いやはや　千年の視聴力！

そうだ　大統領よ　きみにも備えてもらいたい能力さ

以上第一信においては、木島が天皇制に関係することでかねがね考えていたこと、すなわち古代については大古墳を造営するのに民衆の労働力が酷使されたであろうこと、そして現代については、太平洋戦争発令の責任を取っていないことである。敗戦の時点では大統領制も一つの選択肢でもあった。その後日本をめぐる国際情勢の変化もあり、新憲法による国の体制の安定も得られて、天皇の人気が回復して、大統領制への可能性は消えたが、天皇の戦争責任が消えたわけではないというのが木島の考えである。

第二信「新しい士気について」では、具体的な政策が問題になる。まずはこれまで敵であった支配層の武装解除を実行すること。新たな戦いの相手は貧乏や工場が垂れ流す毒であるという。そのために各地の市民に新たな武器を、すなわち検査器をあたえる。「警官組合と看護婦組合」という「組みあわせの妙」により災害救助の体制をつくる。警官組合は柔道と水泳を人々に教えるのを任務とする。「もうきみは法の執行者として刑罰を廃止したく／一国の代表として狭量な主権をとびこえたい男なんだもの／きみが拳銃の護衛を退けているのでみんな身震いしているぞ」と、暴力を追放し、刑罰の撤廃をめざし、自身の身辺警護も拒んでいるので、支持者たちは気が気でない、というのである。

第三信「共和制の混沌について」では、冒頭の「きみは退路を敵にあたえて自暴自棄にならせなかったが／きみじしんが背後から攻めたてられているのは味方にだ」という句が、大統領の窮地を端的に裏書きしている。彼は既得権をもつ旧来のさまざまな圧力団体からの影響を断ち切って、国家を再生させようと努力したが、大衆のための共和国の理想を実現しようとすると、足を引っ張るさまざまな勢力がはびこり始める。熟練の官僚は彼の新政策を支えてくれず、「きみの非暴力による民権擁護は袋小路にはいって」しまい、ついには「大統領よ　きみが撰ばれたのは早すぎたようだ」とか、「大統領よ　ぼくたちは時が孕んでいると錯覚したのではないか」と、性急な権力把握を反省する言葉が出てくる。

第四信は次の電報文である。

ダ　イトウリョウ　ヒトガ　キノワレメニサツキガ　ミエダ　シタ」チカノトモ

命が狙われているから気をつけるようにと、間接に大統領に告げ知らせる内容である。そして最終の第五信は、暗殺されてしまった大統領に宛てて出されている。大統領は、実現困難ではあるけれども魅力ある政策を掲げていた。暴力を使わずに権力を集める運動を支援した。反抗的精神をもつ歌手たちに自由な活動を認めた。男女の交わりの場を各地に用意した。不当に私財を増やす者を動物園の檻に閉じ込めた。アジア人同士が言語の違いを超えて交流することを提唱した。しかし理想には障害がつきまとった。

くそっ！　きみが　ペンなら
ぼくが　インクで　着想の赴くところ
ぼくたちの紙は　ひとびとでありえたのに
きみがいなくて　ぼくは淀んでしまう
どこもかしこも　淀んでしまう

という比喩的な図式を使って、変革の理想が民衆に滲透しなかったことの無念を披瀝して終わる。

共和制大統領という、日本ではありもしない体制の支配者をあえて設定したのには、明確な動機がある。それは「第一信」に出てくる「戦争を命令したひとがそのまま退位しない」ことへの不満である。天皇の退位か、天皇制の廃止が、昭和の敗戦処理の基本でなければならないという考えである。その背後にはあの「起点——一九四五年——」の締めくくりの詩句「目隠しされていたことさえ／わからなかったほど／いまいましい過去はない」という怒りの認識があった。しかし国体は維持されたので、詩人は架空の共和制を想定しながら、「大日本帝国」に対する全面的拒否を表明したと受け取るべきである。しかし他方詩の内実は、理想の政治変革は理想を追求しすぎて挫折するという政治の難しさが表出されている。この詩が発表されたのは一九七五年であり、政治の季節が急速にしぼんだ一九七〇年代の日本の状況も反映していると言えよう。架空の政変を戯画風に仕上げていく想像力の豊かさと鋭利な筆力は練達である。木島は行動派の政治詩人ではない。社会の深部の震動をたえず計測して、ときに道しるべののろしを上げる遊撃的社会派である。

『日本共和国初代大統領への手紙』にはもう一つのヴァージョンがある。[*6] 一九七五年版の二年後に発表されたもので、一通の長い手紙という構成になっており、戯画風の表現手法は抑制されて、むしろ滑らかな報道調の文体で事態を語っている。内容的には、政治体制交替の趣旨はより明確に表明されているが、新しい社会への期待と不安はより抽象的に述べられており、大統領殺害のことは出てこない。このヴァージョンは林光の作曲のために改めて書き下ろされたものである。
その後市民革命のテーマが新たに取り上げられることはなかったけれども、社会批判的な作品としては、晩年の詩集『流紋の汀で』（一九九九年）のなかにある詩「守護天使たちのうた」が注目される。『日本共和国初代大統領への手紙』のなかの一句「社会主義どころか会社主義しか信奉したことがないひとびとよ」を受けて作られた作品といえよう。守護天使たちとは、会社の維持発展のために忠誠心をもって働く管理職サラリーマンたちのことである。社会主義体制が崩壊し、今後は資本主義体制の独占支配になると見られている現実の状況をふまえて書かれている。守護天使＝管理職は企業の利益を守り、ライバルの動向を探知し、警察や裁判所の調査を封じる。つまりは会社への絶対服従が要求される。しかしやがては天使たちも個人の自覚から批判精神が強まり、「自分の足で立って自分の頭で考え」、「もっと／　にっぽん　自由なくににしようじゃないか」と思うようになって、「天使稼業」をやめようとする者が出てくる。この詩は次の三行で終わる。

今すぐ自由という　くだものの果肉に

がっぷり噛みつこうではないか
噛みついたら　離さないでおこうじゃないか

いわゆる自由社会においても思想の自由が縛られる傾向にあることを認識し、つねに自由の奪回という詩人自身の意志が披瀝されている。『日本共和国初代大統領への手紙』では壮大なフィクションにより変転する社会の構図を実験的に描き出していたのに対して、「守護天使たちのうた」は、会社の主要構成員たちの意識改革を詩人が代弁するという形を取っている。社会主義から会社主義という新語を造って、この未聞の言葉に資本主義に奉仕するあらゆる生き方を包括して、社会主義に対置させた。重い内容の作品であっても、このような言葉の遊びをテクストの骨格に組み込むのが木島流であるといえよう。

第二次大戦後の西ドイツには詩人ハンス・マグヌス・エンツェンスベルガー（一九二九年生）が登場する。ナチ時代にドイツを覆っていた国土礼賛の鈍重な歌声の消えたところに、市民的視野から社会批評の矢を放つ、まさに新風の詩を書いて、新生ドイツの読者層を引きつけた。彼はそれまでドイツ人の目に隠されていたエリュアールやT・S・エリオットやロルカなどを紹介し、一方マザーグースのアンソロジーもいち早く翻訳・出版している。木島は彼と生年もほんの一年違いで、世代的使命で重なり合うところがある。エンツェンスベルガーの日本への紹介にも尽力した京都のドイツ文学者野村修も、両者が現代詩におけるわらべうたの効用について同様の考えをもっていたことを指摘している。たしかに両者は、敗戦国の状況のなかで同じ役割を自覚していたように思われる。*7

＊1　中村不二夫「『木島始詩集』」（「詩と思想」二〇一五年八月号、名詩集発掘）参照。
＊2　木島始短篇集『跳ぶもの匍うもの』（晶文社　一九六九年）所収。
＊3　木島始エッセイ集『群鳥の木』（創樹社　一九八九年）三三六頁。
＊4　同右　一六〇頁。
＊5　石川逸子「木島始さんの仕事」（「詩と思想」二〇〇五年五月号、特集木島始）参照。
＊6　『新々　木島始詩集』（土曜美術社出版販売　二〇〇三年）所収。
＊7　野村修「木島始小論」（土曜美術社出版販売版『新　木島始詩集』二〇〇〇年）一八一頁。

第三章　黒人文学と断絶の思想

もう一度日本敗戦の時期に戻ろう。空襲による寮の全焼、原爆との遭遇、敗戦の日々の憔悴のことを木島はのちにまとめて次のように自画像風に表現している。

戦後。瓦礫のなかのわたしの亀裂の顔。右の頬と左の眼とには交流がなかった。右の腕と左の胸とには、他人とのあいだよりも深い断絶があった。機銃と飢えはわたしの四股を引きちぎっていた。わたしの若い冷たい肉体は弾片で錆びついていた。一九四八年であったか。*1

このような状態から脱却するきっかけを与えてくれたのは、すでに述べたように、京都の哲学者中井正一の特別授業であった。戦争中に治安維持法違反で検挙され、執行猶予付き懲役二年の判決を受け、郷里の尾道に蟄居していた中井が、終戦の翌年岡山の旧制高校に招かれて、特別授業を行った。木島は最も熱心な聴講者の一人だった。彼はのちに捧げた「師よ——一九四七年・中井正一氏に——」という詩のなかで「師よぼくらが希望の名において／　未来を建設しうる術をえたのはあなたのおかげだ」と書いた。中井は哲学から音楽にわたる刺激的な話をしたらしいが、なかでも木島の心を捉えたのはジャズとそのシンコペーションの美学、そしてそれを創造したアメリカ黒人の存在だった。*2

この体験をもとに木島は一九四七年に東京大学文学部英文学科に入学した。当時国立大学ではアメリカ文学はまだ「英文」の一部という扱いだった。*3 アメリカ文学専攻の専任教授はいなかった。木島と同期入学の約三十名の英文科学生のなかでアメリカ文学専攻希望者はわずか三名だった。その三人、浜本武雄、井上謙治そして木島始は、ともに不利な条件のもとで日本におけるアメリカ文学研究の草分け的存在となっていく。一九六〇年代初頭には彼らと橋本福夫が中心になって『黒人文学全集』全十三巻（早川書房）を造り上げ、さらにユダヤ文学、アイルランド文学などの研究者とも合同で二十世紀文学研究会を組織した。井上はやがて設立される日本アメリカ文学会の会長を長く務めることになる。

東大入学後、木島は胃腸障害のために休学して、京都の実家で療養する期間があったが、その間に京都のCIEライブラリーを利用して、アメリカ文学について基礎的な勉強を積んだらしい。そのとき出会ったのがホイットマンであり、フォークナーであった。また、アメリカのジャズ音楽や黒人文学について関心も深めた。この準備段階が効果的で、東京に出てからの生活は順調だった。すぐ上の兄徳造も東京の大学生で、頼りになった。レコードや書籍を集めながら、音楽と文学の知識を広め、卒論はウィリアム・フォークナーの『八月の光』について書いた。指導担当は中野好夫教授であった。「東京大学学生新聞」の編集の手伝いを一年間やった。大学の近くにあった野間宏のところで、学生や労働者作家が「トロイカ」というガリ版刷りの雑誌を出そうとしていたが、木島も野間の知己を得て、それに参加した。やがてそこから詩誌「列島」へのつながりが生じてくる。

ジャズは日本では長く娯楽音楽という位置づけであり、戦争中になると「敵性音楽」とも見なされた。敗戦後はアメリカの音楽としてさまざまな層で新たな導入が進められたが、とりわけジャズが本来アフリカから奴隷としてアメリカに連れてこられた黒人たちの命の音楽として木島がその存在の意義を高く評価するようになったのは、詩人で音楽評論家のラングストン・ヒューズ（一九〇二―一九六七）を知るようになってからだ。木島は彼の

『ものういブルース』（一九二六年）などの詩集を読み、きびしい人種差別に曝されているアメリカの黒人が自分たちの思いを独特の詩や音楽のなかで真剣に表現していることを知り、感動を受けた。しかも木島はよその国に生きる悲惨な民族の立場に同情したばかりではない。ヒューズの詩「アメリカを再びアメリカにしよう」のなかに「蛭のように人民の血を吸っている者どもから、／　僕らは再び僕らの国土を奪い返さねばならぬ」のような詩句に接すると、日本人も同じ立場にあると木島は感じた。折しも朝鮮戦争のさなかで、日本各地がアメリカ軍の前線基地として使われることに強い反対運動が起きていたからだ。木島はこの詩を引用しながらヒューズに手紙を書いた。一九五二年のことであった。ヒューズからすぐ返事がきて、文通はヒューズが亡くなる一九六七年までつづいた。

ヒューズはミュージシャンではない。詩人で文化哲学者、そして音楽評論家という独立独歩の存在である。黒人に典型的な辛酸の生い立ちを経て、ついには代表的な黒人文筆家になった。彼が木島とのコンタクトを大切にしたのは、おそらく木島からの手紙をよんで、その人物と能力を信頼したためであろう。*4 木島のほうも、ヒューズとのコンタクトを保つことで、願ってもない黒人文化の情報源を得ることになる。

ヒューズの『ジャズ入門』を読んだ木島は、入門書とはいえ、「三十年以上にわたってジャズの発展の渦中をあゆんだ詩人」でなければ書けない評論と判断して、翻訳刊行した。そこにはジャズの通史が羅列的に記述されているのではなく、ジャズの本質を衝く言葉が際立っている。たとえば「ジャズは作曲された音楽というよりはるか以前に音楽を演奏する仕方なのです」とか、「ほんもののブルースは、ひとしれず造られた民衆の歌です」など。こんな言葉が読者を引き込む。もちろん上述のように、この音楽がアフリカから奴隷として連れてこられた黒人たちのあいだで創造されたものであることが決定的である。木島はこの書を通じて、ジャズが軽佻浮薄どころか、不幸な運命の下に置かれた民族の深い心の淵から湧き出たものであることを確認した。木島は、岩田宏の勧めもあって、勇んでこの「入門書」を翻訳したのだが、世はすでにモダンジャズの時代であり、ジャズの原点を語るこの書はなかなか注目されなかった。木島はヒューズの他のエッセイも組み込み、挿絵を工夫するなどして体裁を整えて『ジャズの本』決定版を制作し（晶文社　一九六八年）、ようやく然るべき評価を受けるようになる。そもそもモダンジャズを享受するにも、ジャズ誕生史を避けて通ることはできないのだ。

ヒューズの詩は木島編訳の『ラングストン・ヒューズ詩集』（思潮社　一九九三年）で読むことができる。彼の詩は、ヨーロッパやアメリカの近代詩の流れを受け継いだ性質のものではなく、アメリカ黒人の心の叫びを切実に表現しようとするものである。霊歌やブルースはほんらい音楽のジャンルであるが、ヒューズは詩でブルースを書く。「七十五セントのブルース」では、

どっかへ　走っていく　汽車の
七十五セント　ぶんの　切符を　くだせい
ね　どっかへ　走っていく　汽車の
七十五セント　ぶんの　切符を　くだせい　ってんだ

どこへいくか　なんて　知っちゃあ　いねえ
ただもう　こっから　はなれてくんだ

という調子だ。「死んだ男のバラッド」という詩もある。葬儀には意外に金がかかるから、貧乏人は、後に残る細君のことを思うとおちおち死ねない、という語りだ。ここではベルトルト・ブレヒトの初期の詩が連想される。木島も「構築と即興——BBとジャズ——」と題するエッセイ[*5]を書いて、黒人のジャズとブレヒトのバラードの親近性について触れ、これらの詩と音楽は「肉声を失った現代詩にとって」貴重な復権を意味していると述べている。その範例となる作品として次の詩を挙げておきたい。

このメリーゴーラウンドには
どこに黒んぼのしきりがあるの?
わたしが　もといた　南部では
白いひと　と　黒いひと　と
ならんで　坐れやしないんよ。
むこうの　南部の汽車にはね
黒んぼ用の　車が　あるの。

バスでは　わたしたち　後にのせられるんよ――
でもメリー・ゴーラウンドに
後なんて　ありゃしない　わ
黒く　生まれた　こどものための
馬は　いったい　どこにあるの？

子どもにも判りやすいイメージを使って、差別の実態がまざまざと表現されている。ヒューズの詩のもう一つの部類は、「人種差別を徹底的になくす闘い」を鮮明に訴えるマニフェスト風の詩である。自分たちの人種だけの差別反対を唱えていると、ファシズムになる恐れもある。だから、あらゆる人種の差別撤廃でなければならない。そこに彼の主張の独自性があり、ほかの人との微妙な差異がある。ヒューズはこの信念を、どんな人にでも分かるように、平明な詩の言葉で表現する。ヒューズの代表的な詩の代表的な一節を引く。

おお、アメリカを再びアメリカにしよう、——
未だいちどもなったことはないのだが、——
だが必ずやなるにちがいない国土にしよう、——
「あらゆる」人が自由な国土に。
僕のものといえる国土に、——貧乏人の、インディアンの、黒ん坊の、「僕」
の、——
その血と汗が、その信念と苦痛とが
その鋳物場での手が、その雨中での鋤が
アメリカを造ったといえる人間の、——
それらこそが再び僕らの力強い夢をとりもどさねばならぬ。

ここからさらに、木島始の把握した黒人文化の要諦について述べていくことにしたいが、それには好個の参考資料がある。木島自身の「アメリカ黒人詩を訳してきて今」という新日本文学会での講演実録[*6]である。講演の草稿に加えて、講演後の質疑応答の内容まで記録されている。講演の時期は明らかでないが、おそらくヒューズの死後の一九七〇年頃と推定される。

さて、アメリカ黒人について一般に知られているのは、十七世紀からアフリカ大陸の黒人が奴隷として北米大陸に送り込まれるようになったこと、その後十九世紀には南北戦争によって曲がりなりにも北軍が勝利したために奴隷制は廃止になったけれども、黒人に対する根強い差別意識がはびこってしまった。この事態のなかで、黒人たちは新大陸において覚えた新言語（主として英語）によって自分たちの心境を歌にし、詩にする。こうして黒人霊歌が、ブルースが、さまざまな形式のジャズが生まれ、それに連動するようにして生活詩のような傾向の詩が生まれる。

以上の流れのなかで基本的に重要なことは、黒人たちがアフリカのルーツと断絶していることだと、木島は考える。もちろんある大陸に住む民族が別の大陸に奴隷として売り込まれるというのが許し難いことであるのは言うまでもない。あってはならないことである。しかし非業な運命を担わされた民族には、その運命の下でしか得られない別の可能性が生じてくることもある。もちろんその可能性を生かすかどうかはその民族次第である。アメリカの黒人はその可能性を生かしたのである。それは、彼らがかつてのアフリカでの部族社会の風習とか信仰生活を受け継いで生かしたからではなく、むしろ過去のものをすべて放棄させられ、奴隷という身分と英語を与えられることによって実現された。木島は「文学や芸術というのは、歴史的な逆境というものがプラスになって働く要因となることが非常に多い」という現象を指摘したうえで、「アメリカの黒人文学、黒人音楽にとって、断絶という契機は忘れられません」と強調している。ただし断絶といっても、それは居住地域、身分、言語に関することであって、リズム感覚など、血液のＤＮＡによるもの、とりわけ黒人文化の場合、アフリカの先祖が養っていた強烈なビートの感覚は厳然と受け継がれているのである。

しかし広く世界に目を向けるとき、言葉を奪われた民族、言葉を放棄した民族、あるいは文字を持たない民族など、さまざまなケースがあって、問題は簡単ではない。木島も挙げているが、アイヌ民族は文字を持たないために口承文学が長く持ちこたえ、日本の植民地となった朝鮮では日本の言語政策が押し付けられ、文化破壊が執行された。それに対してアメリカの黒人は、一時は南部に小さな独立国を創ろうという動きもあったらしいが、全体の趨勢としては白人社会のなかで人権と自由を獲得するように日々の闘いを進めてきた。そのために黒人たちは白人とのコミュニケイションが必要であり、白人の使用する言語を自分たちも身につけようとした、ということができる。

ところで木島は、黒人やその他の民族のことを考えながら、日本の場合はどうなのかと、たえず自問自答している。「日本人というのは、日本語を一度も完全に奪われたことのない幸福な民族です」と確言しながら、そのあとにすぐ、「しかし、幸福でないと言えるかもしれないわけです」と疑問を投げかけ、語句の多義性が表現を曖昧にしている点や、敬語表現の難しさなどを挙げている。一度も引っ越ししたことがないために物が溢れている旧家の物置のイメージである。戦後に志賀直哉が、日本の公用語をフランス語にすべきであると提唱したことがある。それはハイカラ趣味だろうと誰も相手にしなかったようであるが、志賀はフランス語の論理性に日本の未来を託そうとしたので、これも一つの断絶の思想の提案だったのかもしれない。明治維新や一九四五年の敗戦が日本民族にとっては断絶の時期であった。断絶がくると、日本人は綻びをなるべく小さく取り繕って、連続性を維持しようとする。しかし見方によっては、断絶は思い切った変革へのチャンスでもある。どうせなら断絶をもっと思い切った方向に活用すべきではなかったか、と木島は考える。その意味では、「アメリカを再びアメリカにしよう」のような詩が日本では生まれなかったことが残念だと、木島は考えるであろう。黒人文学の研究・翻訳に精を出すのも、そのせいであろう。

木島の黒人文学関係の翻訳・紹介の仕事は、ラングストン・ヒューズの助言を受けながら進められたが、早期のものとしては早川書房の『黒人文学全集』への参加がある。そこでは、トゥーマーの『砂糖きび』と『詩・民謡・民話』の巻の詩篇の翻訳を担当した。そのあとはナット・ヘントフ『ジャズ・カントリー』（晶文社）とホイットマンの対訳詩集『草の葉』（岩波文庫）のほかはほとんどヒューズの著作の翻訳である。なお、ホイットマンは黒人ではないが、彼は黒人に対してまったく差別意識をもっていなかったので、詩人の分類としては黒人のほうに数えられている。さて、ヒューズの著作に関しては『ジャズの本』（晶文社）と評論集『黒人芸術家の立場』（創樹社）、『ラングストン・ヒューズ詩集』（思潮社）の翻訳があるが、圧巻はヒューズ自伝の全訳である。

ヒューズには全二巻から成る自伝があり、著者の意向により木島の手によって全訳され、著者の死後刊行された。第一巻は「大海原」と題されて、自身の生い立ちとアフリカ、地中海地域への放浪生活、第二巻は「彷徨うては目をみはる」と題されて、詩人として認められてのち、ソ連邦の各地から中国、日本をめぐる壮大な旅行記である。自伝執筆に当たっての基本態度を先取りするなら、アメリカでは生活の隅々にまで黒人差別が滲透しており、アメリカ以外の国では黒人差別はほとんど見られない、ということになろう。

木島はこの大作を翻訳出版するに当たって、全二巻を三分冊に分け、第一分冊には原作第一巻を収めて「ぼくは多くの河を知っている」という題名を付け、原作第二巻を二つに分け、第二分冊「きみは自由になりたくないか」と第三分冊「終りのない世界」とした。*7 訳者が付けた三つの題名は、いずれもヒューズの詩句から採られている。ヒューズは差別のあるところでは、逃げないで、あえて差別を身に受けるという姿勢だった。どんな人間ともおおらかな態度で接することによって世界との交わりを切り拓いてきた。ヒューズ自伝は、人の世を生きる手本、人生教書と言ってもよい。彼と同世代のある黒人女性詩人は彼に捧げる詩の冒頭で、「ラングストン・ヒューズ／は快活な壮観だ。／跳びははねる。

／それでいて自由な曲がりくねりをする権利を手放さない」[*8]と称賛する。

ヒューズの自伝は、生まれてからハーレムの詩人・著述家として認められ、第二次世界大戦勃発までの激動の半世紀の記録である。彼は幼いときに両親が離婚し、祖母に育てられたが、この祖母から黒人の間に伝わる民話や童謡を教わった。祖母が亡くなってからは、学校を転々としながら、メキシコに移住した父をしばしば訪ねて、関係を修復した。二十歳になってニューヨークに出て、コロンビア大学に入学したが、馴染めず、ふとしたきっかけから水夫となって貨物船に乗り、アフリカ方面へ長い旅に出る。一旦ニューヨークに戻るが、今度はヨーロッパ航路の船員募集を知り、それに乗り込んで、オランダから、パリ、イタリアの各都市に滞在して社会経験を積む。船員稼業から戻ってからは、ちょうど一九二〇年代のハーレム・ルネッサンスの時期となり、黒人作家としての地歩を固めた。黒人のための大学であるリンカーン大学の学生だったこともある。また、モスクワで映画を製作するという話があって、チームを編成し、モスクワに赴く。結局映画は実現しなかったが、そのあとソ連各地や日本を経由する大旅行となる。好奇心ばかりか冒険心も旺盛なヒューズはソ連邦のなかでも最も僻地であるトルクメニスタンに旅をする。そこで偶然、同じような冒険作家のアーサー・ケストラーと出会い、しばらく一緒に旅をすることになる。「旅は道連れ世は情け」を地で行くようなこの箇所の記述は格別味わい深いものであるように思う。

さらにそのあとヒューズはモスクワに戻ってから、シベリア鉄道で極東へ向かう。航路で上海を経由して横浜に着くのである。しかしヒューズの日本滞在は思いがけなく不快なものになってしまう。東京滞在の最終日、宿泊先の帝国ホテルに私服刑事らしき人が現われ、モスクワや東京での行動についてしつこく質問し、あげくに主任がお会いすると言って、強引に警視庁に連れて行かれる。結局ヒューズが約束していた作家たちとの昼食会をつぶすのがねらいだった。その日横浜から出る彼の客船の出航にやっと間に合って、辛くも出国できたのであった。ヒューズが入手した新聞には「黒人作家、警察ニヨリ国外退去ヲ要求サル」との見出しが躍っていたという。

このくだりを訳しながら木島は、戦前に日本でこのような仕打ちを受けたにもかかわらず、ヒューズが日本人である自分に親切に対応してくれることに熱い思いを感じていたそうである。たぶんヒューズのほうでは、木島との交流を通じてかつての苦い思い出を帳消しにできると思っていたかもしれない。ただ、両者が直接顔を合わせる機会はついになかった。木島が勤務先の法政大学から研究休暇を得てアメリカに渡るのは、ヒューズの死後五年の一九七二年のことであった。

木島はヒューズの著作等によりブルースなどジャズの発生からシカゴ時代までのジャンルの発展はよく把握していたが、レコードや名演奏家の来日公演で本場のジャズを聴いたのは一九五〇年代から六〇年代にかけての時期である。その頃は歴史的なベニー・グッドマン楽団のカーネギーホールのコンサートが発端になって、ジャズの演奏会もコンサート方式で開かれるのが珍しいことではなくなっていたので、日本にも一流の演奏家がつぎつぎにやってきてコンサートを開いた。木島もLPレコードを聴くばかりでなく、コンサートにも出かけたらしい。有名ドラマーのマックス・ローチと歌手の夫人には会って、意義深い懇談をしたという。しかし結論的に彼は書いている。「ジャズは新開地の音楽だった、宮廷文化がからだじゅうをかなしばりにした国からはうまれっこなかったものなんだ、黒人奴隷解放の喜びの行進がそのビートの中心を貫いている」[*9]、そしてその代表がルイ・アームストロングであると。その見方はまさにヒューズ譲りである。

しかし彼の著述には個別の演奏家の名前はほとんど出てこない。業界にはレコード解説や演奏家紹介を執筆する評論家たちがいたわけで、彼は自ら「楽器が扱えず、楽譜がよめず」であるため、演奏批評は遠慮していたのであろう。しかし即興のソロをする演奏家の内部の秘密を探りたいという好奇心は強かったようだ。ラジオの座談会で渡辺貞夫の、即興演奏中、ふと気の弛んだときになじみのフレーズが出てくる、またある瞬間に新しいアイデアがいくつも出てくることがあるという話を聞いて、「バックで引き立たせ役をひきうけるものと、ソロの展開をみせるものとが、じつは一人の人間の内部でも、二つに分かれて、闘いあい、均衡をたもちあい、進行し、転換をしていくのであろう」と解釈している。[*10] このように、即興演奏するトップクラスのジャズマンが内に秘めている創造力の微妙な働きを深く感じ取ることは、詩人木島始にとって自ら未知の言語表現を無意識の淵から汲み取るための貴重な参考となっていたと思われる。その面から木島の詩作の経緯を振り返ると、詩集『私の探照灯』(思潮社　一九七一年)が大きな岐路を画しているようだ。ここには木島がおそらくジャズ音楽と最も深く関わりをもった一九六〇年代に書かれた作品が含まれている。詩「蜜房」では「蜜蜂に花の芯が　おののき／　深い地中のみみずがうごめきだす」と、官能の伝染を表出し、詩「赤の存在理由《レーゾン・デートル》」では、「火傷しながら　愛を演奏する　いま／　暗闇の火　邪鬼の舌　可燃の芯……のいま」などは、トランペットの変幻の音色をそのまま言葉に移しているように読める。そして行き着く先は詩「生真面目《きまじめ》火達磨《ひだるま》――ジョン・コルトレーン追悼――」である。黒人のサックス奏者のなかでも異色のコルトレーンの即興演奏が描き出す曲想を詩によって再現する六十六行である。

沼地の夢を
乗りきる列車《トレーン》
放っていこう
からみつくな
恥ずかしい後悔め
心の輪郭はじぶんだけのもの

夢の沼地を
越えていく列車《トレーン》

トレーンはコルトレーンの愛称でもある。テキスト全体は隅々までテナーサックスのソロ演奏を彷彿とさせるものであるが、しかし副題がなければ、この詩がほかならぬコルトレーンに向けられたものだとは確認しにくい。じつはこの詩は一九六七年、ヒューズの死に次いでコルトレーンの死が報じられたところに、ジャズ専門誌から寄稿を求められて、一気に書いたものらしい。特別な心境の作で、木島はこの類のものをほかには書いていない。

詩人としての木島始の願いは「現代詩に肉声を取り戻す」ことだった。その点でも、誰にでも分かるスタイルで書くヒューズの詩は大いに参考になった。ヒューズの詩集のなかには、詩の一部だけが記載されていて、その先は作者が朗読のとき、そのときの気分により即興で続けるようになっているものがあるという。白石かずこが演じていたような朗読と音楽のコラボにも当然関心があったであろう。しかし木島は自分を中心にしたパフォーマンスには気が進まなかったかもしれない。対話劇にジャズの間奏を加える『炎の手紙』や、合唱曲組曲による作曲家とのコラボなどが木島好みなのだろうか。順次見ていこう。

＊1 「透明なひと、エリュアール追悼」木島始『続・詩　黒人　ジャズ』（晶文社　一九七二年）所収。
＊2 「メモラリビア」木島『詩　黒人　ジャズ』（晶文社　一九六五年）所収。
＊3 東大文学部の「英文学科」が正式に「英語英米文学科」になるのは一九六三年のことである。
＊4 ヒューズからの手紙（一部欠）は日本近代文学館に特別資料として収蔵されている。
＊5 上掲『詩　黒人　ジャズ』所収。
＊6 上掲『続・詩　黒人　ジャズ』所収。
＊7 いずれも河出書房新社　一九七六年刊。
＊8 第三分冊あとがき。
＊9 上掲『詩　黒人　ジャズ』一四一頁。
＊10 「ヒューズ、コルトレーンの死をきいてあてどなく」上掲『続…』所収。

第四章　対話による詩劇の試み

現代において詩を書くとは、まずは孤独の部屋で自らの心に浮かぶ言葉を綴るものと考えられているだろうか。木島始も孤独なタイプの人間であったが、他方詩を書き始めた当初から、現代の詩が孤独の壁の内側に閉じこもって硬直したモノローグになりがちなことに反発し、「現代詩に肉声を取り戻す」ことを自らの課題と考えていた。一九五〇年代では詩誌「列島」の社会派の詩人たちと交流しつつ、ヒューズを軸にアメリカ黒人の文学と音楽に関心を深め、試行錯誤を重ねていたが、一九六〇年代に入って創作の一つの方向が見えてきた。それは、さまざまな対話の場面を設定して、そこから生きた言葉を産み出そうとする新型の詩劇の試みである。この章ではその系統の一連の作品を見ていこうと思う。

詩劇の最初の作品は一九六一年大阪労音のために書かれた『炎の手紙――一幕の対話劇』[*1]である。この劇の筋は、クイズに当たって急に金持ちになった若い女性と、そのことを新聞紙上で知った刑務所で服役中の男との手紙のやり取りをもとにして進行する。最初の手紙は男のほうから差し出される。舞台上では第一幕、上手に囚人服を着た男がいて、檻の中で暗い「囚人の歌」を歌っている。女は舞台下手に立ち、観客に向かって、自分は平凡な事務員だけれど、クイズに当選したことが知れたら、世間の人の態度ががらりと変わり、自分の生活も変わったと打ち明ける。そしてそのなかで、「心の窓をひらいてください」とだけ願う、慎ましい手紙が囚人の男から届くようになったと言う。

ついに女が返事を出すようになり、舞台では男女それぞれに手紙のさわりの部分を朗読し合う。女は男がどんな罪を犯して刑務所に入っているのかを知ろうとし、男は、悪いことは何ひとつしていない、自分は無実だと言い張る。女は文通を打ち切ろうと白紙の手紙を送ると、男は苛立つ。男はさびしかった少年期の思い出や元の恋人のことを語ると、女の気持ちはなごみ、「同情と　疑いと　愛の始まりのような奇妙な　さかいめ」に立たされる。

女は思い余って街角の占い師に相談するが、埒が明かない。女は自ら男の身の上について調べてみようと思い立つところで一幕が終わる。

第二幕の冒頭女はいきなり男に、男が妻と子一人の家庭持ちでありながら、これまでに二人の愛人をもったことがあるという調査結果を突きつける。男はあわてて打ち消す。女は「物的証拠の唄」を歌って、どんな事柄も証拠がなければ認められませんよねと、観客に向かって〈物的証拠の唄〉を歌う。

みなさん　もしも証拠がなくて争うと
結婚した年も　失恋してたのとおなじことになりますよ
愛情の記憶なんて　たよりないことこの上ない
証拠物件を　忘れちゃだめ
……………

これに対して男は Baby don't go のようなブルース調の唄で答える。

恋人よ　おねがいだ　行かないどくれ
どうか　おねがいだ　行かないどくれ
そんなことしたら　おれは心がきりきり痛む

女が去ろうとするのを、男は必死に引き留め、ついに自分は「女を一人殺したんです」と白状する。女は「なぜ今まで嘘をついていたの」と詰問する。男は「以前には本当のことを話しても本当と思ってもらえず」みんなに嘲られたので、嘘をつくようになったと言い訳をする。そして、人の幸せを見るとむしゃくしゃするので「急に金持になった貴女に手紙を書いて、騙してやろうと思った」と白状し、女に対して「夢にみてくれ　貴女が平和に　幸福に／　くらしているとき　バラの花びらのように／　くびり殺されている ものが　いるんだということを」と真情を陳べる。すると女は「わたしは　あんたが　どんなにもがいてうめいても／　あんたのしたことはゆるせないわよ」ときびしく叱責しながらも、次第にトーンを和らげて、ついには客席に向かって言う。

わたしは　眼をこすりました
わたしは　あんまりお金が欲しかったのと
あんまり　手紙が欲しかったので
とんでもなく　ながあーい夢をみていたのでしょうか

次の瞬間、囚人服の男が普通の身なりに着替えて登場する。これまでに見せた男の言動は、すべて女の夢のなかのことだったのだ。男に対して抱いていた不信が夢のなかの男の像となって現れた。夢から抜け出して、改めて男に対面した女は、夢の名残りを振り払うように、「大きな声で詩かなにかよんでちょうだい」と要求する。男は「夢に雷鳴」という詩を朗読する。

青いすきっ腹
の僕らの空のまんなかに
渇いて澄んだ

太鼓がぶちこまれる
圧《おさ》えつけられていた夢という夢が
いきおいのいい真夏の雲のむくむくでもって
歴史を突っ走ろうと蠢めき出す
悪い奴だ
非国民だ
屑だ
といわれていた奴らが踊りだす

……………

ここで歌われているのは、戦前から戦中にかけてものの役に立たないと言われてきた人たち、弾圧を受けてきた人たちのことである。今こそ時代が変わると、この人たちが解放されて歩き出す。これまでかぶっていた仮面を剝がし、素顔で堂々と行進するというのだ。

この作品は、境遇の異なる二人の人間が知り合っても、お互いに孤独から抜け出して信頼を抱き合うことの難しさを表現していると思われる。それに加えてもう一点、重要な要素は音楽である。作品の数箇所に、背景に流す音楽の指定がある。たとえば男が無罪を神に訴える場面で〈スピリチュアルズやゴスペル・ソングがきこえる〉と指示が入り、女が街角の占い師に「こんなにすがられてきたとき　どうすればよいのでしょう」と尋ねる箇所には〈ブルースがきこえはじめる〉と指示がある。この場面は情緒的な意味では劇のピークを成している。さらに、男が真実をすべてさらけ出したあと女性の反応の変化が語られる箇所では〈ながい間――クール・ジャズ〉という指示がある。一定時間、セリフなしでクール・ジャズの曲を演奏するとの指示であろう。このように見てくると、対話劇の進行に応じて、ジャズの歴史をたどることになっている。そもそもこの作品が最初に書かれたときは、なんと「ジャズの窓口」という題だった。そのことを考えても、音楽の役割は重視しなければならない。

この作品は一九六一年の二月から三月にかけて大阪フェスティバルホールで上演された。観世栄夫の演出で、男は茂山七五三、女は月まち子が演じた。音楽はジャズの楽団による生演奏が受け持っていた。ジャズの扱いについてはラングストン・ヒューズからの知恵が活用されていることは言うまでもない。

男女関係を柱にした同じようなサイズの詩劇がある。『喜逸K判事の法廷』[*2]と題するもので、ある夫婦が、離婚するしないの問題を抱えて家庭裁判所にやってきて、喜逸Kという判事の裁定を求めるのである。喜逸Kという奇妙な名前は、江戸中期の川柳草創期に活躍した慶紀逸を現代に蘇らせたものである。そのことを作者は上演用「プログラムの小文」のなかで明らかにして、この作品は「何世代も昔の無名の庶民的詩人たちの批評眼を視覚化しようという一つの試みである」と述べている。なるほど判事のセリフの合間にところどころ慶紀逸の編による『武玉川』から採られた川柳が挿入されている。『炎の手紙』におけるジャズ音楽の役割を、この作品では川柳が受け持っていることになる。

さてこの詩劇の筋は至って簡単で、初めの段階では妻が自分に対する夫の無関心のゆえに「結婚してる甲斐がない」と主張するのだが、判事の前で夫婦が言い争いしているうちに、最後には夫が「離婚します」と宣言し、妻は「離婚なんか、ぜったいしません」と叫び、立場が逆転して幕となる。そしてこの逆転までのプロセスが作品の本体を形成する。判事は巧みな進行で夫婦の争点を潰していき、さらに書記という愉快な脇役が判事の口から句が出るたびに、それを川柳として確認して見せる。

夫は画家である。長く芽が出なかったが、最近精神状態が異常になると、絵が売れ出したと妻が言う。ここで判事の川柳「気狂いもはやされてから芸が殖え」。お子さんがあればよかったのにと判事は言い、また一句「星の名を覚えて空も伽になり」。しかし子どもはない。夫は「遺伝に興味がない」「不能になったら、絵が売れ出した」などと言う。判事が暮らし向きを尋ねると、妻は「絵が外国に売れるようになってから、エンゲル係数が下がった」と言い、二人顔を見合わせて笑う場面もある。判事は妻に「(ご主人に) 新しい恋人ができたわけではなさそうだし、家を空けるわけでなし、経済が破綻をきたしたわけでもなし」離婚するいわれはないのではと持ち掛ける。妻はすぐに反発し、「ぶきみで、こわくて、奈落に吸い込まれるみたいで、このひとといっしょだと、……いっそ捨てられるか、突き刺されでもしたほうが、ましなくらい」と突っぱねる。ここで川柳「側に毒があるとも医者はいいかねて」が出る。今度は夫に向かって判事が「美人の奥さんにはみれんがあるのでは」と。それに対する夫の答は「みれんどころか、愛です」「不能になってから、本当に愛することを知った」そして「地獄にこそ愛がある。地獄こそが価値を生み出す」と叫ぶ。そこに女画商が現れて、妻に「あなたが別れるのなら、私があの方のお世話をします」と表明する。やがて夫は離婚を宣言し、妻は離婚要求を取り下げる。そのとき判事は姿を消している。書記が判事のメッセージを読み上げる。「夫婦喧嘩の外で小便」――判事は職務を中断することで、結婚生活をそのまま続けるようにとの最終判断を伝えているのである。

この作品は犬も食わない夫婦喧嘩の話だが、判事は現代人の精神と肉体のアンバランスの問題に立ち入って、巧みに落とし所を見つける。コメディタッチの寸劇のように見えるが、この作品の重点は随所に散りばめる四百年前の川柳の効果である。木島によると、慶紀逸（一六九五〜一七六二）は柄井川柳が川柳を確立する以前に出現したこのジャンルの草創期の作家であり、彼の選による川柳は荒削りだが痛烈である。木島はユーモア一本の後世の川柳よりも、慶紀逸のどぎつい川柳を好み、それを世に伝えようとこの作品を計画したのであろう。作中に出てくる川柳はすべて『武玉川』から引用されたものだと木島は保証している。しかし岩波文庫版『武玉川』全四巻を目を皿のようにして探しても、原典はなかなか見つからない。作中の川柳は、慶紀逸に真似た木島の創作ではないかとの見方もあるが、ここは木島の言に従っておこう。なお、この作品も音楽を付けて上演された。音楽担当は石井真木、振付は土方巽であった。

同じスタイルの詩劇で、女一人男二人の三角関係に和太鼓を絡ませる『見えない太鼓』*3という作品もある。主役の女には愛し合っている「男」がいるが、多額の借金があって、結婚は困難と考えている。一方には借金を取り立てようとうるさく迫る「別の男」がいる。しかし「男」は楽天的で、女に対して「きみがどんな重い荷物をせおってたって、ぼくは軽々と抱いて踊っていけるさ」と言う。彼は舞踊家なのだ。しかし「別の男」は「タイプをいくら叩いて働いたってあんたに返せる金額じゃない」というのが口癖である。「女」はタイピスト、今でいうＯＬである。「別の男」は借金を帳消しにする手もあるのだがともちかけるが、「男」と結婚する女の意志は固い。もう一つの手というのは、「別の男」が支援をして「男」の舞踊による興行を広域化することで、借金の返済が可能になるかもしれないという話である。しかし借金返済のために踊るのは邪道であると女は気がつく。このあたりから太鼓が鳴り始める。太鼓に合わせて踊ることで舞踊が金銭から離れて純粋な芸となることが暗示される。太鼓の音が大きくなるにつれて、「男」は女を抱いて踊りに集中する。「別の男」は太鼓のリズムに危険な兆候を感じ、太鼓を止めろと要求する。このあと、力強い踊りを誘う純粋な太鼓の響きと「（返済）期日がくる」のリフレインをもつ俗っぽいメロディーが烈しくせめぎ合う。そしてしだいに太鼓の響きが優勢になる。作品はつぎの二連で締めくくられる。

魚が水をわけてくように
自由自在の踊りが最高
太鼓の拍子にめざめた男
誰がしかけたのか　恋のわな
　誰がしかけたのか　恋のわな

鳥が風をきってくように
自由自在の踊りが最高
女の鼓動に抱かれた男
女は　太鼓にかわっていった
　女は　太鼓にかわっていった

この作品は放送局から田中大介作の民話劇「鬼太鼓[*4]」をヒントにして音楽劇を書くことを委嘱されて生まれた。したがってむしろ太鼓が主役である。結末で女が太鼓に変身するのも「鬼太鼓」を踏襲している。しかしそれ以外のところは木島流の現代感覚に溶かし込んで新たな作品になっている。彼自身この創作について、「抒情詩における単一のコンポジションとはちがって、ことばを生活のなかで考える側面へと、音を生活のなかで感じる側面へと、対立させ両者をできるだけ求心的にまた遠心的に緊張させてみたかった[*5]」と述べている。この言葉からも分かる通り、木島の詩劇は抒情詩の単一表現空間を拡大し、言葉と音楽の対立と融合のプロセスによって複合的な表現を目指そうとするものである。

この章の最後に木島始台本によるオペラ『ニホンザル・スキトオリメ』[*6]について述べるべき順序となったが、これは上述の詩劇作品群よりもスケールが大きく、抒情詩というより、寓話が拡大した作品と見なければならない。つまり動物寓話のオペラであるが、作品の根底には対話による意思疎通の難しさもテーマになっており、これまで見てきた一連の対話詩劇とつながるものと見ることもできる。

じつはこのオペラは二〇一九年一月二十七日にすみだトリフォニーホールで、一九六六年の舞台初演以来五十三年ぶりに再演が実現したのである。それは作曲者間宮芳生の九十歳記念の特別企画であり、名曲として語り草になっているオペラ再演のチャンスとあって、オーケストラ・ニッポニカを中心に関係者総力をあげての画期的公演となった。

このオペラ上演は、会場の都合上演奏会形式で行われた。しかし始まってみると、すべてが舞台上でコンパクトに渾然と鳴り響いていて、このやり方のほうが作品から受ける印象は強いと感じた。サルたちの住む森の香りを漂わせるバグパイプのソロから、サル族の断末魔を表わすパイプオルガンの大音響まで、多彩な楽曲がサル族の悲しい運命の物語を誘導していた。

木島ははじめ『ニホンザル・スキトオリメ』を大人のための童話として書いた。それにもいくつかの版があるが、私は詩集『ペタルの魂』（飯塚書店　一九六〇年）に掲載されているテキストを見ている。登場するのは賢く美しく専制的なサルの女王、従順な側近オトモザル、女王そっくりに肖像を描く画かきのソノトオリメ、「見えないものを見、語れないものを語る」能力をもつ同じく画かきのスキトオリメである。女王はサルのカミサマになってサル族の士気を高めようとするが、人間の支援を受けたイヌ族に滅ぼされることになる。スキトオリメはサル族没落の真相を、投獄された牢屋の壁に描き残すのである。

人間世界にも通じる風刺性を含んだこの童話が間宮芳生の目にとまり、彼は木島にこれをオペラ台本に改作するよう強く希望する。じつは、童話「ニホンザル・スキトオリメ」の表題のわきには小さく「動画のために」との記載があった。つまり作者としてはこの作品はいずれアニメ映画になることを想定していたのだ。そういえば、たしかにこの作品では絵かきたちの絵の描き方がサル全体の運命を決定するなど、視覚的な面が際立っている。したがってオペラにしたいという話には木島はおそらく内心戸惑ったが、話し合いの結果最終的には喜んで承諾した。オペラ台本への改作に際しては、間宮から原作の童話にはない「男」と「クスノキ」という物語の進行・解説役を登場させることが提案された。この補作によって、視覚的な細部が観客に伝わり易くなり、アニメ台本は一挙にオペラ台本に生まれ変わっていった。その過程をのちに振り返って木島は「わたしの作品は［中略］専ら視覚の世界、画家のありかた、独裁者と芸術家と民衆の関係などを扱っており、他のものにはとにかく、オペラにするとは考えてもみなかった。わたしは、それから間宮芳生の粘り強い制作態度を充分に知らされることになったが、かれの読みの深さは原作者のわたし以上であったと言えるかもしれない。そう、［中略］ただ粘り強いだけではない。ダイナミックな弾力がゆきわたっていて、一つのことを固守しているだけの頑張りではない。こちらの新しい言い分を真向から受けとめて、また練り直すことを辞さない」[*7]と述べている。オペラ『ニホンザル・スキトオリメ』の台本は事実上木島・間宮の共作とも言えるものだったのである。

この物語には二つの山場がある。一つは女王ザルが絵のコンテストを実施して、審査の結果スキトオリメに一等賞を与えたくだりである。彼の絵は、「毛並みのふさふさしたサルとガイコツが、ななめにかさなりあっていて、そのガイコツのシャレコウベの眼の穴にキクの花がさしこんである」という絵だった。やがて訪れるサル族の没落を暗示し、その宿命にそっと哀れみの気持ちを示したものと思われる。女王ザルがこの絵に一等賞を与えたのは、この絵にこめた意味を読み取った上のことだったであろう。

つぎに二つ目の山場であるが、しだいに情勢が緊迫し、女王ザルは画かきスキトオリメを呼び寄せ、自分を「永久に死なないサルのカミサマのようにかいておくれ」ときびしい注文を出すくだりである。スキトオリメは引き受けたけれども、なかなかイメージが定まらず、女王から何度も催促されて、ようやく仕上げるが、女王はその絵を見るなり、スキトオリメを牢屋にぶち込んでしまう。「得意になって手足を伸ばしている私が、じつは、ほかのサルの掌のなかでおどっている」という、そんな絵だったというのである。この絵の意味するところは、サルのカミサマになるにもほかのサルたちの支えを受けてはじめて可能になるということである。しかしいまや絶対的存在であることを願う女王ザルには、このイメージは我慢がならなかったのである。

オペラの終結部はサル族の断末魔である。新興のイヌ族がサル族を滅ぼしにかかる。スキトオリメは牢屋、牢屋はクスノキのうつろのなかで、これまで起きた一連のことの真実を彼は壁に爪で描いている。サル族はいまやカミサマとなった女王の肖像を胸に烈しく抵抗する。女王は死ぬが、そのことは伏せられて、サル族の抵抗はつづくが、イヌ族は悪知恵のある人間たちと結託して攻勢を強める。森に火が放たれて、ついにサル族は滅びていく。あとに残るのはスキトオリメが爪で描いた記録だけである。

ここで改めて意識したいのは、この作品が動物寓話劇だということである。動物寓話はヨーロッパではイソップ以来長い伝統がある。とりわけ啓蒙主義の時代には好んで用いられた表現手段である。動物の姿を借りることによって人々に何らかの教訓や政治風刺を伝える文学形式である。ポジティブに教訓を提示する場合と、ネガティブに悪い例を示して教訓を暗示する場合がある。「ニホンザル・スキトオリメ」の場合には、女王ザルの形象は「独裁政権は国を滅ぼす」ことを、スキトオリメの形象は「真の芸術家は人の目に見えない運命を見る」ことを寓意としている。

原作者は外国文学研究者でもあるから、ヨーロッパにおける動物寓話の系譜のことは頭に置いていたはずだが、この作品を構想するきっかけとなったのは、じつは日本の国宝「鳥獣戯画絵巻」だった。京都出身の木島始は日本固有の美術形式である絵巻の作品に若い頃から親しんでいた。そして絵本の制作に携わり、アニメに関心をもつようになると、「いわゆる四大絵巻とか、六道絵巻をつくったわれわれの過去の構想力は、もしそれを現在の場においてみたら、どういうことになるであろうか*8」と考えるようになった。五〇年代末には、アメリカで「鳥獣戯画」が子供のための絵本になっているという情報を得た。さっそく取り寄せてみると、なにかと不満のある出来だったので、かえって創作欲をそそられ、「鳥獣戯画絵巻」を現代に生かすための入念な検討を始める。それから八、九年をかけてようやく完成したのが童話の名作『カエルのごほうび』（福音館書店　一九六七年）であった。それは一目で「鳥獣戯画」の流儀を受け継いだと分かる絵巻風で、登場するのはカエル、ウサギ、サル、まさに動物寓話である。『ニホンザル・スキトオリメ』と『かえるのごほうび』の制作は平行して進められていたことになる。したがってオペラのほうも「鳥獣戯画絵巻」の影響下にあったことは明白である。

＊1　木島始『詩　黒人　ジャズ』（晶文社　一九六五年）所収。

＊2　『列島綺想曲』（法政大学出版局　一九六九年）所収。
＊3　同上。
＊4　「新劇」四巻一三号（白水社　一九五七年十月臨時増刊号）所収。
＊5　上掲『列島綺想曲』一六八頁。
＊6　上掲『列島綺想曲』、および二〇一九年一月二十七日の上演プログラム所収。
＊7　「間宮芳生――オペラ制作の仕事を通して」『群鳥の木』（創樹社　一九八九年）所収。
＊8　「わたしの夢わたしの絵本」『列島綺想曲』六八頁。

第五章　詩集の山並み

この章では木島始の本来の仕事というべき詩作の軌跡を通覧してみたい。その際真っ先に頭に浮かぶのはあの未來社版『木島始詩集』（一九五三年）であるが、長く埋もれていたこの詩集のことについては私もこの木島論の第一章で書いているので、ここではそれ以後の彼の詩集の展開を見ていくことにする。

木島がその後の生涯に出版した主な詩集をまず挙げてみる。『ペタルの魂』（一九六〇年）、『もぐらのうた』（一九七一年）、『私の探照灯』（一九七一年）、『ふしぎなともだち』（一九七五年）、『日本共和国初代大統領への手紙』（一九七五年）、『千の舌で』（一九七六年）、『パゴダの朝』（一九七七年）、『あわていきもののうた』『もりのうた』（一九七八年）、『回風歌・脱出』（一九八一年）、『はらっぱのうた』（一九八三年）、『双飛のうた』（一九八四年）、『イグアナのゆめ』（一九八五年）、『遊星ひとつ』（一九九〇年）、『朝の羽ばたき』『やたらうた』（一九九五年）、『流紋の汀で』（一九九九年）。

ざっと以上のような按排である。まず目につくのは、表題がひらがなだけで書かれてあるのと、漢字まじりのものとに二分されていることである。前者は児童向け、後者は成人向け詩集、ということになっているが、その差は内容的というより歌い方の違いのようである。木島は自分の思いを終始子どもたちにも伝えようとしていた。ここでは表現内容が問題なので、とりあえず成人向け詩集の展開を扱うこととする。なお、木島は活動旺盛な人で、右に挙げたもののほか、編訳詩集はじめ各種アンソロジー、児童向け詩画集などで評判になったものもいろいろ出しているが、それは必要に応じて適宜言及する。この章では、木島が遺した本格的詩集の峰々をたどることにする。

まず気になるは、一九五三年未來社版『木島始詩集』刊行のあと、詩集の刊行が遅いことである。おそらく、先輩詩人たちの影響や友人辻井喬との話し合いなどにもとづき、散文、劇作、翻訳、評論も含めて試行錯誤を重ね、自分のめざす道を決め兼ねていたからであろう。小詩集『ペタルの魂』は見るからに過渡的な性質の作品で、一幕物や放送劇、それに童話体の「ニホンザル・スキトオリメ」などを収めている。跋文を寄せた大岡信は彼の特質を「痙攣的に直接性を求める現代詩の強い指向とはほとんど没交渉に、意志によって論理的に要請され再構成された詩的世界を構築する」*と述べ、叙事詩への志向を強調しているが、同時に前詩集に見られた純粋な抒情性がひそんでいるばかりか、童話への大きな広がりもあるとして、木島文学の可能性を示唆している。

大岡信の寛やかな紹介の言葉もいただき、『ペタルの魂』は詩壇へのデビューとなったが、七〇年代に入ってようやく木島は自分の詩のスタイルというべきものを見つけて、本格的に詩集の刊行に乗り出した。『私の探照灯』『日本共和国初代大統領への手紙』『千の舌で』はそれまでの二十年間の研鑽から築き上げた彼の詩作の基点であると言えよう。

詩集『私の探照灯』（思潮社 一九七一年）初版のページを開くと驚かされる。巻末の目次には個々の詩のタイトルは明示されているけれども、本文の詩にはタイトルが付されていない。表札のないテーマパークみたいなものかと戸惑っていると、この詩集は「三十六篇であると同時に全一篇である」という言葉を「あとがき」のなかに見つけて、著者の意図がやっと分かった。著者の探照灯は三十六の景物を照らし出し、その結果全体として一つのムードを醸し出している、というわけである。このような詩集の構成は、その後の主要な詩集においても、タイトルをはずすことはもはやないにしても、原則踏襲されている。その意味でも『私の探照灯』は木島文学の基軸となる詩集である。

さて、詩集が「全一篇」の詩であるような一体感はどのように生じているのか、それを的確に解き明かすのは難しい。私が気づいた重点を取り上げてみるなら、男性的なものと女性的なものとの抗争と交合の諸相を、人間同士ばかりでなく、あらゆる生き物のあいだで探る、ということだろうか。抗争の火花と交合の灼熱から木島独自の表現が奔出するのである。たとえば、「空が海を抱擁する」「蜜蜂に花の芯がおののき」「深い地中のみみずがうごめきだす」（いずれも詩「蜜房」より）など、性的接触の機微が察知されるが、詩人の究極のねらいは、詩集の「序」で述べているように、「精神の動きを、ピンでとめて」「防腐剤をつめた剝製の標本」をつくるのではなくて、「荒馬の尻にのるような、叢に逃げこんだ虫を追うような、どこへ行くかわからぬ群衆のなかに紛れこまされるような」混沌の詩作なのである。

テーマを広げて見ていくならば、詩「といかえす」では、死についての二つの見解をぶつける。

わたしは　死後の世界を見たい
そんなものどうせ見られるさ　と耳もとで囁く奴がいる
いや　見られっこないじゃないか　と嘯《うそぶ》く奴もいる
わたしは　落下傘の眼　無重力の耳の持主になりたい

見えないものを見る、聞こえないものを聞く、それは詩人の究極的な願いであるだろう。その感覚をよびおこすために、詩人は他の芸術家の作品のなかに身を投じながら自分の表現力を鍛えることを試みる。ジョン・コルトレーンのテナー・サックスをフィーチャーした詩「生真面目火達磨《きまじめひだるま》」のなかでは、

燃える魂で火だるまの鳥
赤い苦しみの傷口に
冷やりと爽やかな風に囁いては

渦をえがいて落ちる可愛い怪鳥たちの軌跡
革命に膨れあがる怪鳥たち

という詩句を生み出す。「変幻する炎」では、ベン・シャーンの画「寓話」に寄せて、

ひとは炎なくして
　生きられやしない
だが大きくなりすぎた炎を
　消す術をだれが知ろう

などとうたわれる。さらに日本の画家たちに絡みながら性のゆきつく果てを究め、最後に藤田吉香に寄せて注目すべき詩「手」を生む。冒頭の二行「もっとも縛られやすいもの　それは手だ／　つまり　自由の尖兵なのだ　恐れられて」はすでに第二章でも引用したが、二行句を二十五連連ねて、最後「手のない裸女――ヴィーナスに見とれるのはいい

のだ／　が、軍事基地をはらいのける手をもたぬ祖国には？」と締めくくる。

この詩集において木島始は、性の世界へ、魂の世界へ、動植物の世界へと自らのサーチライトを当てて、詩表現の独自スタイルを紡ぎ出す実験を行っていると見ることができよう。彼の詩作の基本的性格は野性的知性と名づけてみたい。その性格を育て上げた主な土壌は内外の現代美術と黒人文学・音楽の影響であった。

そして木島文学がめざす内容的な面は、生き物の根源的感覚の追究と社会的な問題の考究という二つの方向に大別される。『私の探照灯』は主として前者のテーマを扱っているのだが、後者の社会的問題のほうはその続編ともいうべき詩集『千の舌で』（新日本文学会出版部　一九七六年）で扱われている。『日本共和国初代大統領への手紙』（創樹社　一九七五年）もそこに属する作品であるが、長篇詩であるために別途に出版された。「手紙」は大統領が就任から失墜までに友人から受け取った一連の手紙という体裁の作品で、木島の代表作の一つであるが、これもすでに第二章で論じたのでここでは触れない。『千の舌で』のほうは、二枚舌をもじった題の下で、言いたいことをなんでも言ってしまおうという趣向のもので、社会批判的な内容のものが多く盛られている。詩集の中核的作品「予兆」

の第四部では、

そうだ　ぼくらの現在は
あらゆる予兆の抹殺を
追っていかなければ
すぐ死の過去にくりいれられる
遠く近く無言の万物の合唱に
とりかこまれ

と、水爆実験の恐怖を感じつつうたっている。「この予兆に闘ういがい生きる意味は／いまありえない」と詩人はつぶやく。

詩集『パゴダの朝』（青土社　一九七七年）になると、詩の調子に変化が現れる。迫力のアレグロから静思のアンダンテへ、と言ったらよいであろうか。第一部「なりたちのうた」

では詩「土によせる」「光によせる」「水によせる」などで物質それぞれの意味を考え、詩「色によせる」では、

む　白は　無の面　すべてを取りのぞいた心境
知っていても知らぬ顔する冷たさ
いま　きみの絵筆をひたすら待つところ

青は　ざわめく海のかなた
つぎつぎ果しなさへ　いざない
魂あふれさせていくところ

というふうに歌い進む。奇抜なのは詩「古代文字によせる」で、

ぶつかるけものたちの目の密林のなか

いたるところ宇宙の掌紋が錯綜し
その線をなぞるうちにだれかが耽る
しるしの群を描いては解読する楽しみに

と想像を逞しくする。地上の生の原理的なものを原始林のなかで見直す試みである。第二部「たわむれに先輩もじる詩むっつ」では、朔太郎、光太郎、白秋、八十、中也、賢治からそれぞれ一篇を選んでパロディーを作っている。たとえば、

くびにも負けず
ポリにも負けず
金にも女の誘惑にも負けぬ
丈夫なこころをもち
欲がないのか
決して疑わず

いつも高らかに憤慨している
一日にレーニン二頁をひらいたまま
短波放送を耳にききながし
［以下略］

というような具合である。小熊秀雄にも似たような風刺詩があるので、見習ったものであろう。

しかし第三部「芯その対極のこえ」は、男女、敵味方などコントラストのあり方を想定して、この詩集のピークを形成する。詩人は、百済からきた人たちとともに漢字の用い方を工夫し始めた頃の日本人のこと（詩「時を飛ぶ鳥」）とか、よちよち歩きの赤ん坊の感覚を思い出せれば、直立猿人の頃の先祖の匂いが嗅げること（詩「あさぼらけ森つきぬけて」）などをうたう。第四部「異国で」は木島が外国に研究滞在した時期の作品をまとめている。世界周遊者木島の確かな目を示す作品として詩「博物館をへめぐって」を次に示す。

つまり文明は泥棒である
王さまたちは強盗の長である
脅えが武器のかなめである

［中略］

盗品は死ねないのである
栄光が不在証明を引渡さないのである
白人は無罪になれっこないいな
平和は現状維持ではありえないいな
この文明が泥棒であるからには

というのだ。いまヨーロッパで焦眉の話題になっている事柄を、木島は四十年前にずばり指摘している。

詩集『回風歌・脱出』（土曜美術社　一九八一年）は、合唱曲「回風歌」の歌詞（高橋悠治作曲）、「日本共和国初代大統領への手紙」の上演用台本としての改版（林光作曲）、および東京労音創立二十五周年記念に依嘱されたカンタータ「脱出」（林光作曲）、その他を収めた過渡的な小詩集である。なかでも異色の作は「脱出」で、日中戦争中、北海道で強制労働させられていた中国農民から脱走した男の体験をもとにして作られたものであり、日中友好の礎として過去を忘れるなという趣意をふくんだ制作である。

詩集『双飛の歌』（青土社　一九八四年）は木島文学の中心テーマの一つである男女の性愛を集中的にうたっている。およそ地上に生きているものの行動のなかで最も意味深いものは愛であると、木島は考えている。しかし愛の秘めごとをどこまで、どのように、読者の共感を誘いつつ表現するかは、容易な問題ではない。まず冒頭の詩「しゅんが　すきだよ」で詩人は羞恥心をさらりと捨てる。

いやみな　うわぎ　ぬぎ
りくつの　はだぎ　ぬぎ
あいさつの　ねまきを　なげすて

あられもない　はだかが　いいな
が　ふたりして　めで　てで
うちがわから　しこり　とりさり
からだに　とびたつ　つやっぽさ
つくりあえれば　もっと　いいな

第一連、言葉の上着、肌着、寝間着を順にぬいでゆき、第二連では、男女がお互いに目を使い手を使って日々の生活で溜まったしこりを消し去り、けもの本来の雄と雌に立ち返ることこそ望ましい、というわけであるが、全行ひらがなで、童謡のような振りをしながら性行為をのびのびとうたっているところが、木島始の独壇場である。

そうかと思うと、次の「あいまいでない愛のうた」では、経験豊かな大人が講釈めいた調子で愛を語る。「あは　暗々に　心ひろげる　始まりの辞だ」と切り出し、以下「あ」に始まる句をずらりと並べる。

ああーっに逢わなければ　愛はない
あかくならないでは　愛ではない
あさましくなるようでは　愛ではない
あたらしさを感じさせないようでは　愛ではない
あなに入りこみたくならないようでは　愛ではない
あっはっはっはっと笑いあえないでは　愛ではない
あまさ噛みしめられなければ　愛ではない
あやうさに震えないでは　愛ではない
あらあらしさに傷つかなければ　愛ではない
あわせうるようでなければ　愛ではない
あいまいさを包みこめないならば　愛はない

これは一見古風な愛の説法のように見えるが、ここでの愛の教えには一貫性がなく、むしろ愛にはいろいろなスタイルがあるということか。それよりも、「あ」で始まる愛の文言を並べた言葉遊びか。それもまた木島のレパートリーである。

『双飛のうた』の後半には趣の異なる詩が出現する。とりわけ「天空つづれ織り」と題する詩は、軽快な飛翔を思わせる愛の詩ではなく、重い荷物を背負って長い距離をわたり行く夫婦の愛をうたっている。「ぼくたち」それぞれの心の中に庭を造り、相手の庭の椿やつつじを互いに褒め合い、やがて二人の館を建て始め、そこに「くつろぎの秘密部屋」を造って、「ぼくたちの生れる前の閲歴から／　ぼくたちの失せて後の予想まで／　敗けじと多彩に模様化しては／　果しなくぼくたちの夢の手で織っていた」。そして最後の段階では、

愛がこんなにひどく重苦しくなるものとは
いかん　じぶんという領土の外に飛び立とう
と　ぼくたちの庭ぼくたちの館からひと思いに
立去ること　お互に拷問役人にならないよう

無一物になる決心のほうを　撰ぶしかなかった

これがある夫婦の人生の「双飛」であろうか。

木島の見る性愛は、どんな文明世界においても原始人間と同じ荒らくれた仕草をするものであり（詩「キャニバリズムの鏡」）、また一方、つがいとなって飛び、地球の引力に逆らって生きる能力すら発揮するもの（詩「つがい飛び」）なのである。

詩集『遊星ひとつ』（筑摩書房　一九九〇年）は木島の詩集のなかで表現力が最も充実した内容をもつ。空間的にも時間的にも豊かな広がりがあり、思考力と想像力の展開が一段と大胆かつ入念になっている。全体は五部から成り、第一部の中心テーマは翻訳という仕事の重要性である。詩「植えかえ仕事」では人類の未来は翻訳の成功如何にかかっていると力説し、「人類の思想史から翻訳をとりさ（った）」世界を仮定すれば、それは「無精卵から（孵した）雛みたいなもの」と言う。地球文化がたとえば、「原爆投下後の一九八二年でありながら／　プロレタリア革命前の一九一三年でもある」（詩「語りかける未来人のうた」）

というような異なる時代の仮の対面が可能になるのも翻訳というベースがあるからだ。「原人の脳」という長詩では、原始人が密林の中で脳を働かせて、あらゆる草木の根や花や梢を克明に調査しながら歩くさまを再現してみせる。こうして文明の基礎を築いた人類の祖先の失敗を恐れぬ作業に木島は崇敬の念を寄せている。

第二部は言葉と文字がテーマ。最初に言葉は「血行（を）うながしつづけ」、また「包帯に（も）なれる」（詩「こころの包帯おもううた」）との見方を示す。文字については、ハングルを「母音と子音が〈ゆたかな抱擁〉をする」と称え、「ひらがなは母音を孕んだ重さ（を）感じさせず／しなやかに柔らかになだらかに」と特徴をとらえ、「カタカナは骨の一部を抜きとって／簡素さめざす刻みこみの直線」ととらえている。

とくに注目したいのは、「キド（祈り）」と題する歌（高橋悠治作曲）の歌詞をハングルで書き、日本語の意訳を付けていることである。金大中、金芝河の無罪釈放を当時の韓国政府に嘆願している歌である。

壁つきさす　祈りよ

目に見えずとも　くりかえし溢れ
愚かしい　愚かしい
不気味な武器が　耳塞ごうとして
芝河を自由の身に　芝河を自由の身に
かれの自由なしに　わたしたちすべてに自由はない

さらに長詩「ななしみち」、中国の賢人たちの箴言をちりばめながら、「憎しみよりも勝利の錯覚が生みつけた／　侮どりほど命を亡ぼしつくそうとする病はない」と、日本民族の錯誤の歴史を振り返るのである。詩「ウタリの夢おもう」では、千島半島の原住民はアイヌ民族だったことをふまえ、「千島を　アイヌのくににする」ことに賛意を表明している。

第三部は難解だが、人生とはありきたりの終わり方をしてはならないという主張が通底しているようだ。詩「山頂さまよいうた」では、妻が夫の介護にばかり献身するのでなく、「山頂からの風を吸う」ようにと望み、また詩「舐められたくないうた」では、自分のことは誰もわかってくれないが、自分も「下手な自画像しか描けない」ので、結局のところ「わかってほしいと祈り、わかってたまるかと舌を出す」と開き直ることになる。詩「ここは煉獄」では、「ぼくは　密閉した壺のなかで百足虫だった／　つぎつぎ生える　指先ことごとくに目がついて／　光の抜穴まさぐるのに疲れはてていた」と、詩人は自分の人生をイメージする。

第四部も引き続き悔恨をもって人生を振り返る詩が目立ち、扱いに慣れていないため折角の休暇を台無しにしてしまう（詩「お休みくんのうた」）とか、「脱皮する蛇の智恵ほしさに」自分の姿の映る鏡を一気に叩きこわし（詩「割れ合せ鏡のうた」）、最後には呪わしい核実験を止めさせられないのにうんざりし、青い海のオセアニアに行こうとしないのにもうんざりする（詩「がまんするうた」）。

最終の第五部はやや軽快な調子に移り、人生賛歌の味付けも出る。ジェット機で海外旅行するよりも恋人とそぞろ歩きするほうがよいとか、映像機器を使って有名歌手に聞き惚れるより恋人とデュエットするほうがよいなどと主張し、「重んじたいのはどんな名前の支配にも／　優っているささやかなこと」と結論づける詩「手近からのうた」に始まり、子どものときの一枚の写真からかすかな記憶を引き出す詩「ひとすじの光」や、初孫の初々しい足裏がこれから知ることになるものを思い描く詩「蹠のうた」、ナチの収容所から遁れたチェコの知人が来日したので居酒屋に誘って喜ばれたという詩「百薬の長おもうた」など、特別の体験から汲み上げた情感をうたう。さらに詩「見えない縁のうた」では、とりわけ夜、眠れないときに「過ぎ去ろうとする暗闇にメスを入れて／じぶんという胎児を取りだしたくなる」という幻想には驚かされる。詩「路標のうた」は、遠くからきた人の目は「わが身のゆがみ　映す鏡」であったり、「身内にはない　鈴を鳴らす」などさまざまにイメージを広げ、「曲がりくねる回り道で　とまどい分ちあいながら／とほうもない出逢いを待つ　宇宙すべて通り道」とまとめる。つづくフィナーレの詩「バトンタッチのうた」も、言ってみれば縁の詩である。

先頭かびりかまるっきりわからない
ぐるぐる回ってるばかりに見える
一大競歩集団のはずれにまざり

ぬきつぬかれつなんて知らないよ
悠々あるきつづけでいいではないか
とおれはヒマワリの仰ぎかたをまねる
がふとオリンピックのリレー競走で
バトンを渡しそこねた疾走者が
地上にでんぐりがえって悔しがるのを
ズーム・レンズが顔のひきつりまで
大写しにした瞬間ドラマを想い起し
おれはバトンもってるかと握りしめる
だがそもそもバトンなんか引きついでいず
ないバトンを渡す人など全然みえやせん
もしあるとしたらバトンはおれを見る
人がいたとしてその人が自由に撰びとるさ
どうしようもないな眩しすぎやかましすぎ

光がきこえ響きがきらめくこの惑星で
行先わからないまま歩きつづけるほかない
んだから今これ渡せるんだとしたら嬉しいや

陸上日本のお家芸バトンタッチ！　けれども詩人はバトンをもったままこの惑星のなかで迷子になってしまう。この詩は三善晃が作曲して、息を呑むような男声合唱曲になっている。YouTubeで聴けるので、「バトンタッチのうた」で引いて、今すぐにでも聴いてみることをお勧めしたい。

詩集としては最後に『流紋の汀で』（土曜美術社出版販売　一九九九年）があるが、そこでは初期から直近に至るまでの作品を全般的に見直して、これまで詩集に採られていなかった作品、展覧会等で展示された作品、それに新作も加えて、補遺的にまとめあげている。この時期、木島の関心はすでにもっぱら四行連詩に向いていたのである。

第一部「夢のしわざ」は古代ギリシャの名望の詩人との一方的競演である。

時こそいまと　サッフォの脈搏からは
無念さよりも　快活な暖かさが溢れ
長い黙想から　サッフォもわたしも　からり抜きんでて
一語とて　心覚えに記せない　蜂蜜したたる
がままの　うつそみでない歌だけの交りあい
痛みを贈りものにし　永ばなしを織りこみあい
ちらとの再生すら　拒んで消える蜃気楼

第二部にはいかにも年配の詩人らしい自問自答の詩「ありふれた難問」。

幼いころ毎日毎晩ありふれていたものを
無いものと想定するのは　難しい
バスはあった　電話も　トンネルも

ラジオや　トーキー映画も始まっていた
しかし無かった　テレビや洗濯機や冷蔵庫
それに隣の家の空地に自動車だなんて！
くりかえさせられた「朕オモウニ」の丸暗記
のかわりに今はやたらに多い答また答
また答から正しいのを選べだってさ

などは、戦中から戦後への世相のめまぐるしい変化を映し出していて、ふと郷愁を覚える。第三部のテーマは心理探索。詩「ムガさんと歩くとき」は、他人の世界に入り込むわざを披露。

空気きる片手で、ムガさんが
「やあ」と、声を放り投げる。

男、きょとんの目ぱちくりさせ
「やあどうも」と、おじぎを返す。
「知ってる人?」と、わたし。
「いや、ぜんぜん。でもあの顔
ひどく痛めつけられる夢あがき
出てきたばかりって感じだろ。
〔二行略〕
おれ、入りこんで手助けしたんさ」
「え? 何に? あの男の夢に?」
〔以下略〕
人の表情から心の中をよむ練習を木島自身もよくやっていたのだと思う。

第五部は「オーロラ・リーさん呼んできてよ」という一人芝居の一幕劇である。ある四十代の女性オーロラ・リーが地域での成人式の祝辞を頼まれている。昔の同級生にそのことを知らせて、どんな話をしたらよいか、電話かファックスで意見を求める。対話をしながら、成人とは愛を求め、エイズを恐れることだという矛盾した結論に達して、次の詩句で締めくくる。

たっぷり　あじわう
りんごは　きずだらけ
たねまで　さらけだしてくる
わたしたちみんな
たべあい　たべられあうのに
おもいがちがう　わたしたち
とことん　ゆるし　愛しあえるなら
それは　夢

第六部では、さまざまな動詞をテーマにして、人間の行為の様態を客観的に観察してみようというもので、合計四十の動詞が取り上げられている。例えば、Majiru　については、

衝突のない人生はない
殺すか　愛する触発か
いっそもつれこみ　合体し
第三の異人に膨張か
いや　ちぎり食いの連続か
一回一回がいのちの岐路さ
危険を孕む相手がほらっ

ここでは「マジル」とは、異質なものが混じり合う状態をイメージし、それが相互崩壊を起こすか、あるいは合体することで第三の膨張体に発展するか、あるいは個々の要素が

ばらばらに解体するか、危機を孕む状態のことと理解している。こういうところにも、木島の人間理解が、つねに動的であり、積極的であることが見て取れる。

詩集『流紋の汀で』の掉尾を飾るのは長詩「守護天使たちのうた」である。この詩についてはすでに第二章において触れた通り、木島の社会批判的な代表的詩作品の一篇で、日本では社会主義がなかなか育たず、むやみにはびこるのは会社主義ばかりであったと、皮肉たっぷりに嘆いて見せるのである。

木島の詩文学は言葉の積み木を削りながら、それを独特のブルースの節回しのなかで積み重ねていたと思えばよいであろうか。

＊　木島始『ペタルの魂』（飯塚書店　一九六〇年）一七二頁。

第六章　木島始と戦後詩

詩人木島始が果たした仕事の無視できない一つの領域がアンソロジー編集である。アンソロジーを作成するということは、ある限定の地域、時代、あるいは詩派について一つの展望を示すということであり、その意味で重要な仕事になる。明確な展望が示されず、ただ恣意的に詩人と作品を羅列しただけのアンソロジーは、問題にするに足りないであろう。

木島は日本現代詩を対象とするアンソロジーを二点制作、刊行させており、そのうちの一点はアメリカで全巻英文で制作、一九七五年に出版したものである。同じアンソロジーの改訂増補日本語版『日英対訳現代詩集』は一九九八年に土曜美術社出版販売から刊行されている。つぎに彼自身が関係していた詩誌「列島」について、後年彼の編集により、かつて「列島」に関係したことのあるすべての詩人の作品を糾合した『列島詩人集』と称するアンソロジーを一九九七年に土曜美術社出版販売から出版している。そのほかにも、翻訳詩のアンソロジーとして、菅原克己、長谷川四郎、木島始の編集による『世界反戦詩集』は一九七〇年に出版されて、その後版を重ねた。個人としては訳詩集『異邦のふるさと』を編集して一九八一年に上梓している。いずれも、現代の詩について、また日本の詩についての木島始の考え方がよく反映されている。しかしここでは、木島が彼と同時代の日本の戦後詩をどのように見ていたかを明らかにするため、前記三点のアンソロジーを取り上げることにする。

まず最初に見たいのは英文で書かれた"The Poetry of postwar Japan"1975である。木島はアメリカ黒人文学研究の日本におけるパイオニア的存在であり、生涯の文通相手のラングストン・ヒューズからはアメリカを訪れるようにとしきりに誘われていたが、結局ヒューズの死後の一九七二年に勤務先の法政大学から研究休暇の資格を得てアイオワ大学に滞在したのが、たった一度の海外留学の経験である。アイオワ大学には伝統的に外国の作家や詩人が英語で創作の研修を行う機関がある。その機会に木島は当地のポール・エングル教授の指導の下に行われた国際文芸交流の研究会に参加して、さまざまな刺激を受け、日本の戦後詩のアンソロジーを英文で作成することを自らの課題とする。そしてまず冒頭で編者の木島が「日本の戦後詩について」と題する総論を書いているのである。

総論は「日本の戦後詩は灰のなかから生まれる」と始まる。戦時中は、軍国主義に同調しない詩人はごく希だった。みんな好んで好戦的な詩を書いた。敗戦の日から空気が入れ替わった。入ってきたのは「勝者から与えられた民主主義」だった。軍国主義から民主主義へ平然と乗り換えた知識人たちは節操がないと批判された。さらに日本の伝統文化そのもののなかには高度な知性を養う要素が欠けているのではないかという疑惑も生じた。ここで木島はドナルド・キーンによる桑原武夫の俳句第二芸術論の紹介を引用している。さらにキーンは短歌について、武士や軍人が辞世のうたなどに用いたのは短歌だったのであり、実のところ、国粋主義に結びつきやすいのは俳句よりも短歌のほうであったと指摘している。木島はキーンの主張を認めながらも、ここで気を取り直し、日本の軍国主義化は「日本の近代文化そのものが欧米の拡張主義的な文化の模倣だったことに問題の核心があるのではないか」と、歴史の機微を衝いている。「拡張主義的な文化」とは、領土拡張を好ましいとする文化政策、さらに言えば富国強兵のことである。近代国家となった日本は欧米諸国から文化のあらゆる面で教えを受けてきたが、その際の最も重要な要素は拡張主義だったのである。欧米列強から学んだ拡張主義が伝統的な神国思想と結びついて超国粋主義にもとづく国家体制が形成され、外に向けては朝鮮半島の併合から満州国の樹立、内にたいしては自由主義や社会主義への思想弾圧がなされた。このような国家の行き着く先は全体主義国家体制、そして戦争である。自国の進路に反対する運動も生まれたが、組織的に抑圧された。反体制的な詩人たちは、思想的転向を強いられたり、発言をやめたり、戦地で命を落としたりということになる。

ここで木島は、冷酷な国家体制のなかで生きる人間の苦しみを表現し得た詩人を三人、詩派を三組挙げる。詩人としては、詩「黒い歌」を遺して病死した楠田一郎、特高に逮捕されたこともあるシュルレアリストの瀧口修造、軍国主義に抵抗しつつ、太平洋戦争勃発の前年に病死した小熊秀雄の三人。詩派としては戦後になってからの「荒地」と「列島」、それに「櫂」である。「荒地」と「列島」という二つの主だった詩のグループの間には「戦争体験についての反芻という一つの共通認識が存在していた」ことが確認される。しかし谷川俊太郎が加入している「櫂」については、多くの人が名実ともに戦後派のグループと信じているであろう。だが、「実際には『櫂』のメンバーたちも戦争とその結果に深く影響されていた」ことを指摘し、戦中から戦後にかけて旧制の中学生だったこの世代の特徴について、岩田宏の文章を引用している。「そのころの中学生たちは、戦争の大義なるものについて絶望的に陶酔するには若すぎたけれども、戦争の現実を見損なうほど未熟でもなかったので、非戦闘員にだけ許されている茫漠とした戦争という空間に鋭い思春期の目を向けていた」というのである。岩田のこの戦時中学生論は、もともと岩田の飯島耕一論のなかで書かれていて、それを大岡信が評論集『蕩児の家系』のなかでも、きわめて貴重な指摘であるとして引用している。その際大岡は、彼らが戦時の夏に見た「空や、土や、真夏の太陽」がやがて彼らの「存在の暗号を解く鍵」となって一様に「言葉の世界に歩み入らざるを得なくなったのである」と、この世代からのちにたくさんの詩人・文学者が輩出した事情を解き明かしている。都市に住む中学生は敵の空襲に対して都市機能を防衛せよと命じられていたが、それがなにを意味するか、中学生たちはおよそ分かっていた。中学生は銃後にあって戦争という現象を総括的に経験していたのである。たしかにこの世代から詩人になった人はたくさんいる。谷川、大岡、飯島、岩田はもちろんのこと、開高健も野坂昭如も同じ世代である。そして木島始も、一九四五年には旧制高校生になっていたが、年齢的には上限の同世代であったと言ってよいだろう。木島の体内には戦争が沁み込んでいる。

木島の戦後詩論に戻ろう。日本の近代化は欧米列強の拡張主義的な面を中心に模倣し、欧米に追い付け追い越せの施策を貫いていたので、アジアから孤立してしまったばかりか、周辺諸国に領土の拡張を図って、国内には軍国主義の体制を固め、十五年戦争に立ち至った。この方向に反対する声もつねにあったが、その声はすべて抑圧されて転向し、多くは美の世界に遁れた。

戦後の日本の文学は、戦争に至るまでの国の歩みを振り返り、反省している。借り物の民主制のもとで平和な社会が訪れても、詩人たちは多かれ少なかれ、意識的無意識的に戦争を背負って歩き、戦争を吐き出していた。しかし戦争の時代が遠ざかり、経済の繁栄とともに平和と安定が人々の生活を保障することになると、詩人たちは目まぐるしく変転する大衆社会のなかで、取り組むべきテーマを見失い、情報過多の事態に戸惑うようになった。そこで木島が注目を喚起するのが二百五十年以上平和な孤立状態がつづいた江戸時代のことである。あの時代の詩人といえば、たとえば柄井川柳のところに結集していた無名の川柳作者たちで、十七文字で風刺句を作って鬱屈した世の中を我慢しつつも、さらにはお創造的な作品を作り上げていたと述べている。それは俳諧や能狂言、さらには人形浄瑠璃や歌舞伎のことであろうが、江戸時代の文化として真っ先に川柳を挙げているところが木島らしい。

そのことに関連して木島は日本の言語文化と芸術ジャンルの特質を外国の人々に解説しようとする。文字については、表意文字の漢字と二種類の表音文字の役割をはっきり決めて、表現目的に応じて混ぜ合わせて使っていく。宗教に関しては、仏教と神道と儒教を統合することなく、時と場合によって使い分ける。すなわち統合ではなく、混合が日本文化の基本的なあり方だというわけである。演劇の領域では江戸時代に能狂言、人形浄瑠璃、歌舞伎が成立し、明治以降に新派、新劇が付け加わり、それぞれに独立の道を進んでいる。詩歌に関しては、言うまでもなく、短歌、俳句、現代自由詩も、それぞれの問題を抱えつつも「平和共存」している。

このエッセイの最後の部分で木島は、現代自由詩固有の問題に触れる。詩専門の月刊誌の一つ「現代詩手帖」では、毎年十二月号に全国の詩人の住所録が記載される。そこには千七百人ほどの詩人の名が挙がる。しかし一方、大手の出版社で、この詩人たちの詩集を出版しようと尽力しようとするところはないという。つまり日本では詩の作者はたくさんいるが、読者は少ない、という事実を伝えているのである。

もう一点は、詩文の朗誦や吟唱は古くから日本の文芸・演芸の伝統として受け継がれてきたのであるが、日本の現代詩は音声による表現から切り離されてしまっており、朗誦には適さないということである。詩のテクストは表意文字である漢字が主体となって、思考と表象の結合によって構成されることが多いので、視覚的に読み取られることが一般的になる。近年は新しい詩人たちによって、詩に音声を取り戻そうとする試みもなされている。音楽や動画とのコラボレーションによって詩に新しい活路を拓いていこうというのであれば、木島自身がそのような動向を目指す現代詩人の一人である。

アンソロジーの本体で取り上げられた戦後詩人は全部で三十一人である。詩人の選定に当たっては、木島はまず基本的な考えとして、編者の個人的な好みにしたがって選ぶのが最も良い方法であるという建前を述べ、つぎにはアメリカの読者を意識して選定するという面も加味する。そしてもう一点、木島は総論の最後に、日本の現代詩は朗誦には向かないことを述べたのに関連して、詩の選定では、イメージを活用して言語実験の作品とか、現代生活にひそむ病根をずばり突きとめるような作品とか、そんな面に重点を置いて見ていきたいと述べているので、詩の選定にはそのような考えが基準になっているようである。

実際には「荒地」「列島」「櫂」などの主要メンバーを中心に、吉本隆明や石原吉郎のような独立系存在、仕事の上で編者と近しい長谷川四郎、長田弘のような人を加えている。女性詩人は七人だが、一九七〇年代の仕事であることを考えると、ぎりぎり容認できる線かと思われる。翻訳作業はたくさんの人に分担依頼しているので、翻訳者の事情で掲載予定の詩人が脱落してしまったりということもあるだろうが、挙がっていないのが腑に落ちない詩人といえば、飯島耕一、吉岡実、清岡卓行、中村稔といったところである。

同じアンソロジーの増補日本版ともいうべき『対訳現代日本詩集——楽しい稲妻——』（A Zigzag Joy, The bilingual Anthology of Contemporary Japanese Poetry）が一九九八年に土曜美術社出版販売から刊行されている。新版のための木島の「まえがき」のほか、アイオワ版掲載の木島のエッセイは、「日本の戦後詩について」と題し、木島始・渡辺めぐみの共訳を付けて、巻末に再録されている。九八年版ではアンソロジーに掲載の詩人数は七十六人とアイオワ版の倍以上に増えているが、増加分については主として、アイオワ版の七五年以降に注目されるようになった詩人を取り上げるようにしている。

一九九八年版の「まえがき」のなかで木島は、前の英語版アンソロジーの出版後二十年ほどの日本の詩の状況を概観して、

日本社会における詩というのは、ほとんど完全に孤立していて、まるで捨て子のように、詩は少数の「幸せな」人々しか引きつけません。

と書いている。少数の「幸せな」人とは、もちろん皮肉な意味で、詩についての注文が甘い、詩ならなんでも受け容れる人のことだろう。木島はつづけて、現代世界が直面している環境の危機、コマーシャリズムの増進、若い世代に広がる空疎感などの問題について日本の現代詩がしっかりと取り組んでいるかといえば、それはあやしいものであると述べている。

この文章が書かれた一九九八年は、木島が四行連詩の活動を始めて、ようやく軌道に乗ってきた時期である。四行連詩活動もアンソロジー制作も、背後に漂う深い危機意識に駆り立てられて為されていたものと思われる。

木島はアンソロジー『対訳現代日本詩集――楽しい稲妻――』（土曜美術社出版販売　一九九七年）刊行の一年前にもう一つのアンソロジーを出版している。それが『列島詩人集』（土曜美術社出版販売　一九九七年）である。戦後詩の時代をリードする本来の詩誌「列島」は、一九五二年から五五年にわたって全部で十二号を出している。木島始編の『列島詩人集』は、かつての雑誌に掲載された作品を再録したものではない。また、詩誌「列島」を通巻十二号を出したあとの締めくくりに、その当時の寄稿者のよるアンソロジー『列島詩集一九五五年』が出版されているが、木島編『列島詩人集』はそれの再現でもない。詩誌刊行当時は大学を卒業したばかりの若い参加者であった木島が、今や「列島」の代表者として、グループの理念を回顧しながら、当時の会員、寄稿者、編集者に呼びかけて同じ意思を抱く詩人を糾合して新たに企画編集した詩のアンソロジーなのである。基本的な志向は木島が「序」において述べている。

全国詩誌「列島」に集まった詩人たちに共通するのは戦争体験、戦時体制下のもがき、戦後激変への醒めた凝視であろう。

そしてさらに、「わたしは半世紀前に二十歳前後の人間をぐるりととりまいて、まるでいつでも刺さる匕首のように脅かしていた二つを、とくに指摘しておきたい。一つは、徴兵、言いかえれば死の予想を孕んだ国家による訓練集団への加入義務。もう一つは、飢え、つまり食う術をなくした果に襲ってくる餓死の予想」と書いている。

政治的現実にはつよい関心を抱くが、詩においてはそれをストレートに表現するのではなく、「外部現実を投影した内部現実をアレゴリーとして描く[*1]」という方法を取ると言うのである。木島の呼び掛けに約五十名が結集した。「列島」は全号が復刻版で読めるので、アンソロジーの掲載する作品は、すべてあらたに提出してもらっている。木島自身の詩としては「日本共和国初代大統領への手紙」や「生真面目火達磨」など、選り抜きの作品が採られている。それから推測すると、ほかの詩人たちについても、木島の場合と同じ基準で、ベストの作品が採られているはずである。「列島」を担った詩人たち、たとえば福田律郎、井手則雄、関根弘、野間宏といった面々、こわもての詩人たちかと思っていたが、このアンソロジーで読んでいると、味わい深い詩を書くので、「列島」グループの印象を一新することになる。たとえば福田律郎の「骨のうた」という連作の中の一篇は次の通りである。

ひろい
砂丘にわたしばかりがうつくしい
そしてあなたの位置にとほく
いくへにも不眠がえらばれて
わたしの悔痕は骨のなかに崩れてしまふ

とりのこされたうすい褥よ
かくて　あなたの
裸体に触れれば耐へがたい彷徨である　（七五頁）

ここでは、砂丘のなかで神経が呼び起こす男女のはかない駆け引きのさまがうたわれている。
井手則雄の「階段その一」は次のような詩である。

階段を降りる
階段を登る
階段は過ぎていく人のためにある

しばらく佇んだりしても人は
またのぼってしまう

降りてしまう

階段には過程があって
結末がない
階段はいつも孤独で不在だ

空気が満たされると凝っとしており
人が過ぎるときだけ
斜めにうごく

13階段をのぼっていくと
絞首刑のロープが下がっており
18段を螺旋に登ると
愛欲が汗を滲ませて待っている

たとえば
絶望に拉《ひし》がれて降りるとき
ふっと立ちどまって
人は最も人らしい表情をするが
しかしすぐに下の扉を蹴って
街へ出ていく

階段は過程だ
空気が満たされていて
気配だけがなだれている　（九〇頁）

この詩は場所と場所をつなぐ機能を黙々と果たしている階段という事物に注目している。ここで見られている階段は、二階建ての和風家屋のなかに備わっている階段ではない。

ビルディングの内部の各階をつなぐ階段であり、現代の風物であり、そこを通っていく人間もいかにも現代のビジネスマンらしい。反乱と不倫の気配も漂っており、だれもが利用している階段によって現代を如実にうたっている。
もう一篇挙げたい、関根弘の「病床のバラ」だ。

菅原克己はガンコオヤジになって
貴重品になって死んだが
ぼくの老化も急速に訪れており
同じようになりたくなくとも
これぱっかりは自分の手に負えない

昭和が終わって新しい元号になっても
ぼくの一生もモロに昭和漬けで
昭和とともに終わるようなものだ

いまさらなにもいいたくない
天皇は眠っているだろうか
ぼくはぐっすり眠りたいのに
いま不眠症におちいっている
病床のバラを眺めて
小熊秀雄の「馬の胴体のなかで考えていたい」を
思い出した
刀折れ矢つきたときの気持ちがよく分かるよ

青春時代
ぼくも天皇の軍隊に召集されて
眠くて仕方がないのに
不寝番をつとめたことがある
それなのにいまぼくは

眠りたくても眠れないので苦しい！
心ならずも不寝番をつとめさせられている

昭和の死は悲しくない
早くぼくの人生も
そっくりどこかへ運んで持っていってくれ
生まれてきて損したよ　（一五九頁）

昭和という時代を詩人なりに総括し、対決した詩である。「生まれてきて損したよ」の終句は、言えそうでなかなか言えない、時代への一刀両断の評点である。

以上木島も含めて四人の例だけからも、「列島」の詩人たちの特性が見て取れるであろう。彼らは、自分たちが生きた困難な時代を把握しつつ、それを的確なイメージに移し入れることによって同世代のレガシーとして残そうとしているのである。かつて小田久郎に「『列島』は『荒地』と戦後詩を二分するグループではない」と言われたのが木島を刺激して、このアンソロジーが生まれたそうだが、ここでの作品を見るかぎり、その意志の強さも表現力の高さも、作品の豊富さも、「荒地」の詩人たちと何ら遜色がないと言えよう。

中村不二夫の記録によれば、『列島詩人集』刊行後に市ヶ谷の「私学会館」で催された出版記念会には、二百五十五名の出席があった。第一部は鎗田清太郎の司会、長谷川龍生、木島始をパネラーとするシンポジウム、第二部は詩人やゲストのスピーチであった。そのなかで辻井喬は、詩人は「国家にとってつねに危険な存在であるべき」とし、「勲章をもらった詩人は直ちに詩人という肩書を外すべき」と語ったことは、今も語り草になっている。[*2]

『列島詩人集』を通読して分かることは、「列島」に関係した詩人たちは、詩誌刊行のために終始結束を固めていたわけではなく、「同人」ではなく「会員」としてそれぞれ自由に活動していたが、めいめいが力をこめて書いたものをまとめてみると、全体として戦中戦後への反省という一つの大きな方向を目指しており、それがリアリズムとイマジズムをむすび合わせたような独特の手法で表現されていることが理解されるのである。これは「列島」創刊から『列島詩人集』編集までつねに関わりをもっていた木島始の成し遂げた大きな業績である。

なお、この章で取り上げたのは木島が編集したアンソロジーとそれに付随した「戦後詩論」であったが、アメリカで出したものも日本で出したものも主として外国人に読んでもらうために編まれたものであった。そのために、木島個人の好みから見た詩人論の部分が少し抜け落ちているように思われる。以下、その点を補足したいと思う。

近代日本の全体主義体制に対して抵抗の姿勢を示した詩人として The Poetry of postwar Japan においては楠田一郎、瀧口修造、小熊秀雄の三人を挙げているが、別のエッセイ「戦後詩への一視角」*3などでは、楠田、小熊に加えて平戸廉吉の名前を挙げている。平戸は日本で未来派宣言をした詩人であるが、木島は「わたしはこれら三人の詩人たちの自称した思想やその属した流派に注目しているのではなくて、かれらの詩に内在している旧秩序の否定の質、その先駆的意義、またいいかえればわたしじしんとかれらとの接合点に問題を見出しているということである」と解説している。戦後になってから注目した詩人と作品としては、ドイツ文学系で定型を目指した野村修の「壺」、「生きのこったということに貴重さと、生きのこって直面する世界の無意味さとの板ばさみに呻く」木原孝一の「無名戦士」、「戦後詩最大の課題」である「純粋詩の方法と民衆性との結合」への胎動が窺える中村稔の「声」、「もろもろの因襲の亡霊」からの解放を願う井上俊夫の「粒々辛苦録」、さらには飯島耕一の「見えないものを見る」意気込みを代表的なものとして挙げている。

木島がとりわけ親近感を抱いていた詩人は黒田喜夫である。*4 木島は黒田を「戦後的な、もっとも戦後的詩人といってもいい」と言い、その性質を比喩的に「地すべりのためにぽっかり開いた底なしの裂け目の奥からの眼である」と表現している。黒田は「日本の一番底辺の抑圧された層の無意識を、夢を手がかりにしてオブジェの世界として提出したかった」と自分の詩人としての思いを語っている。つまり木島自身も社会の底辺の層に這うようにして接近して、彼らとともに発火点を見つけようとする気配はあった。発火点はたしかにあるのに、火をつけるための環境は消えてしまった。だから火はつけない、でも火をつけるいわれは消えたわけではないという認識を、黒田と木島は共有していたのだと思う。

＊1　中村不二夫『廃墟の詩学』（土曜美術社出版販売　二〇一四年）二五九頁。
＊2　中村不二夫、上掲書二八三頁。
＊3　木島『列島綺想曲』所収。
＊4　木島「黒田喜夫論」、『列島綺想曲』所収。

第七章　四行連詩の展開

木島始が晩年集中的に取り組んだのが四行連詩の活動である。木島はもともと現代世界を生きる人間の問題に沈潜する孤独な詩人である一方、画家とペアを組んで創作童話を制作したり、音楽家とコンビでオペラの台本を書いたりして、さまざまのコラボレーションを試みる広域の詩人でもあった。そのような経緯を顧みるとき、木島が詩人同士の共同作業をやってみようと思い立ったとしても、それは不思議なことではあるまい。さしあたり問題は、同じ意志をもって連詩の制作に応じてくれる仲間の詩人が見つかるかどうかであった。

よく知られているように、日本文学には中世から近世にかけて連歌と連句の伝統、三十六句を一区切りとする歌仙が〈座の文学〉となって栄えた。ところが明治期になると、発句こそが重要であるとの正岡子規の鶴の一声が滲透して、複数の者たちで作り上げる文学の習わしは急速に廃れた。それ以降長く世の一般の流れとしては、連歌や連句は文学史のなかの事項に納まっていた。しかし安東次男の好著『芭蕉七部集評釈』（集英社　一九七三年）が出版されたことなどが刺激となって、現代詩人のあいだで歌仙を巻く試みが行われ、新たな風流が追究されるようになった。なかでも大岡信は安東次男や三浦雅士など古典に通暁する文学者たちと式目の定め通りに歌仙を巻くことを試みるばかりか、伝統には一切捉われない自由な連詩をも提唱し、詩誌「櫂」の同人とともにそれを実行する一方で、アメリカやヨーロッパ各地で知合いの外国詩人たちも交えて日本語と英語による連詩の会を催し、その成果を日本で相次いで刊行し、[*1]その活動は、俳句の国際化と並び、日本の詩の海外進出として注目を浴びた。一九八〇年代前後のことである。

この大岡信の活動にも触発されたのであろう、一九九五年頃から木島始の四行連詩をめぐる活動が始まる。木島がかねがね実行したいと思っていたのは、四行という枠を定めて、自国ばかりでなく、世界各国の詩人たちと英語を活用して詩を付け合うという試みだった。それに至る前段階として、木島は人に送るハガキなどに四行詩を書いていた。そのなかから英語になりそうなものを選んで、木島自身ほかアーサー・ビナード、アン・ヘリングなど八人の英語をネイティブとする詩人や教師たちにも依頼して英訳を付けた。こうして百二十三篇の英訳付き四行詩が出来上がり、『われたまご Cracking Eggs』（筑摩書房一九九四年）という詩集となって刊行された。この詩集で木島は、一ページに四行詩を一篇ずつ掲げて、四行詩の示すさまざまな風態を鑑賞し、この短詩形のなかに潜む可能性と問題性について考えている。ある一篇は、

張りつめているのか　包みこんでいるのか
卵のかたちそのものが　迫力を秘めている
きみ　掌にじっと　卵をのせてみろ　不安だ
卵のほうも　きっと落着かないことだろうな

とある。卵が詩人の四行に載せられることによって、生まれようとする意欲と壊れてしまいそうな危うさとが微妙なバランスを取って存在しているのが卵だというわけである。この四行には次の英訳が付いている。

the shape of the egg is a forceful secret,
willing to swell and conceal
place it quietly on your palm – you'll feel anxious
while the egg feels its complete unrest （訳は木島とラリー・レヴィス）

『われたまご』の制作によって四行詩という詩形の含み得る内容の深さと、日英両語で表現することの意義を把握した木島は、次の段階として一九九五年から、内外の詩人たちと互いに四行詩を付け合う四行連詩の試みを始めた。とはいえ大岡信の場合には、詩誌「櫂」の同人として、川崎洋や茨木のり子など新しい試みに共鳴してくれる仲間に恵まれていたが、木島においては詩人グループ「列島」の解散以来、詩誌の同人にも詩人団体の会員にもなっていなかったので、気軽に声を掛けられる仲間は多くなかった。それでも彼はひるまず、詩集を寄贈してくれる人があると、知合いであろうとなかろうと、彼の心を引く四行を見つけると、それに四行詩を付けて送るなどの方法で、連詩をやりませんかと「さそい」をかけた。通信手段がハガキ、ファックス、電子メールと便利になっていく時期でもあり、反応はけっして悪くなかった。最初の段階で木島の相手を進んで務めたのは、佐川亜紀、津坂治男、さらには矢野織女、井之川巨といった多彩な詩人たちであった。なかでも佐川は、木島の仕掛けに呼応しつつ、たちまち四行連詩の魅力に取りつかれ、いきなり二人で十五巻を巻き上げた。佐川はあとでこの取り組みを振り返り、「特に長い連詩のおもしろさは転換の妙にあると思う。だから、前がシリアス系だと、次は軽めにしたりする。木島氏が優れたコーチで、こちらのとんでもない球でも上手に打ち返して下さるので、へぼ球をあちらこちらに飛ばしてしまった。ふだん、あまり書かない詩風でも書けるのが新鮮」[*2]と率直に報告している。たとえば、

どんな点滅のリズムでだろう
いやでも応でもわたしたちは
自分の役わり背負いこまされ
死ぬまで何か光を放つらしい　（木島始）

わりきれない人生
あまりこそ妙味
わけた役割演じている
もう一人の自分　　　　（佐川亜紀）

という受け応えだけを見ても、両者が役割を分け合って人生なるものを思案している様子が浮かんでくる。

津坂治男（一九三二―二〇一九）は三重県で長く活躍した詩人で、地元の仲間と連句やソネット連詩などを試みていたらしいが、木島方式の四行連詩が安定していて、長続きしそうだとの実感をもったという。木島方式の規則といえば、四行連詩の開始当時は、先行の人の詩の三行目の語か句を取って、その同義語（句）か反義語（句）を自分の詩の三行目に入れることだけだったが、ほどなく、先行の詩の四行目の語か句を自分の詩の一行目に入れるという規則を付け加え、以上二つのうちのいずれかを守ればよい、という定めになった。さらに連詩の開始と終了のきっかけについては、開始時に鍵となる語を定め、同じ語が再び登場したら、その時点をもって一巻の終了とすることにした。

開始と終了の定めを文言として提案したのは、俳人にして連句にも詳しい矢野織女であった。木島から四行連詩の「さそい」を受けたとき、矢野は大いに戸惑ったが、連句の伝統形式に飽食感をおぼえていたので、新鮮な「対話」の芸へと転身したとのことである。やはり不意の「さそい」にびっくりした反戦詩の井之川巨も、やりとりを重ねるうちに興味を感じ、その魅力を「過去・現在・未来の時間を自由にゆききし、卑小な自分の内面世界から、広大無辺の宇宙空間までも、わが住処としてしまう」[*3]と書き残している。さまざまな人生のさまざまな時点に木島の「さそい」が届いて、さまざまな反応を起こした。木島連詩スタートの頃の以上の記録は、木島ほか編四行連詩集『近づく湧泉』（土曜美術社出版販売　二〇〇〇年）に収められている。

木島が「さそい」を掛けたもう一つのグループは英語を話す外国人であった。木島は当初から英語教員の同僚として、また詩人の仲間として、内外に外国人の知人がいた。この人たちの書くものから四行詩めいた表現を見つけると、それを取り出して、英語の四行詩を付けて送るのである。外国の文学書を読んでいて、まとまった四行表現に遭遇すると、それに四行詩を付け、事情を説明して未知の著者に送ることもやった。意外に反応がよかった。しかし外国人相手にいきなり連詩に誘うのは憚られた。向こうの四行にこちらの四行をつけるだけの詩句を「対称聯詩[*4]」と名付けた。二曲一双の屏風というイメージである。その試みを一九九六年十一月から始めて四十篇が成立したところでまとめて『越境』と題し、木島のエッセイを併せて刊行した（土曜美術社出版販売　一九九九年）。

『越境』に掲載されている外国人四行詩は、木島の身近な人たちだけではなく、英米はじめ諸外国の詩人たちのものもあり、なかにはイェーツ、ケストナー、ネルーダなど世界的に有名な人もまじっている。選び出した四行にはすべて和訳を付け、それに付ける木島の英詩にも和訳を付ける。イェーツの場合を挙げてみる。

Split Milk　　by W. B. Yeats

We that have done and thought,
That have thought and done,
Must ramble, and thin out

Like milk spilt on a stone.

こぼれたミルク　イェーツ／木島始訳

行動し、思索し、
思索し、行動したわたしたち
は　うろついて　ぱらぱらになる
石にこぼれたミルクのように

Haunting Season　by Kijima Hajime

The ghosts who return periodically,
Whose dates we can foresee,
Would ramble, and surround us
Like seasonal tides in the sea.

出没の季節　　木島始／木島訳

いつの日にかわかる日に
きまって戻ってくる幽霊たち
は　うろついて　わたしたちを取囲む
海を流れる季節の潮のように

どちらも集中とさまよいを繰返す魂をうたっているが、どちらの三行目にも置かれたramble《うろつく》の語が両者を結ぶ回転軸になっている。先行詩の気迫と回転軸の機能が対称聯詩の成否を決めるという意味のことを木島は言っている。

さて、『越境』を読んで強い関心をもった石原武は木島に、日本人同士で日英両語による四行連詩がやれるのではないかともちかけてきた。そして実際に木島や新延拳を相手に実作をもって挑んできた。しかも石原は、当面の成果を取りまとめて、"Linked Quatrains"（Stone Library 1998）を発表した。それを見て木島は、英語の得意な俳人坂本宮尾と巻いた「うたう渦まき」の英語版を作成して出版した（蝸牛社　一九九九年）。これらが刺激となって、日本人外国人を問わず、その都度ペアで、あるいはチームを作って、日英語併用で四行連詩を巻くということがしきりに行われるようになった。木島は知合いの外国人に「さそい」をかけるとともに、適宜連詩のチームに加わって実績を積んだ。さらには海外の文物を渉猟して、好ましい四行を見つけたら、すぐに「対称聯詩」を付けて先方に送る楽しみもつづけた。長い文通相手であるブダペストの詩人アグネシュ・ゲルゲイは、四行連詩のことを「空中で握手する機会を与えてくれる気高い詩のゲーム」[*5]と呼んだ。海外からの反響はどれも励みになった。その実作成果をまとめた記録が木島始・石原武・新延拳［編］『バイリンガル四行連詩集・〈情熱〉の巻その他』（土曜美術社出版販売　二〇〇三年）である。そこでは木島はほとんどすべての連詩実作になんらかの形で参加し、連詩を広める趣旨を書き、和訳を欠く外国人のテキストには和訳を付けている。

　ここで改めて思い起こすべきことは、木島より十年以上前から大岡信を中心とした連詩の新たな開発と展開があったという事実である。大岡は、上述のごとく、一方で安東次男などこの道の通暁者たちと伝統的な規則にもとづく連句を巻く会に積極的に参加しながら、他方では全く自由な方式での連詩を詩誌「櫂」の仲間たちと試み、さらにアメリカ、パリ、オランダ、ドイツなどで現地の詩人たちとバイリンガルの連詩を巻いて、注目を浴びた。大岡の基本的な意向は彼の評論集の表題『うたげと孤心』が示すように、詩は孤独な作業であると同時に共に遊ぶ精神をもつことであり、両者は互いに良い効果を与え合うというのである。木島も基本的に同じ考えであったと思う。

しかしながら二つの流れにはかなり異なる流儀も見られた。大岡たちの場合には、連詩を巻くに当たっては、関係者全員が一堂に会して、大岡を中心に意見を交わしながら進める。どのような形式の詩をつなげるか、四行詩にするか三行詩にするかも、事前に決まっているわけではない。それに対して木島たちの場合には、連詩は四行と決まっていて、さらに上述のように、ごく簡単なものながら、先行詩の語句を受け継ぐ規定が設けられている。見方によっては、大岡たちのやり方は熟練者向けであり、木島たちのやり方はどちらかといえば一般人向けということもできよう。また、別の面に目を向ければ、大岡方式においては、参加者全員が一堂に会して始めなければならないが、木島方式であれば、原則的なことは決まっているのであるから、連詩を巻くだけなら、わざわざ集まらなくてもよい。ファックスや電子メールを利用できる。オンラインでもやれる。この点では、現代の生活に連詩活動を組み入れるには木島方式のほうが好都合と言えるであろう。

木島は若い頃、詩集『ペタルの魂』（一九六〇年）を出版するときに三歳年下ながらすでに名を成していた大岡の助言を受け、大岡に跋文を書いてもらったことがある。そのことは本書第二章でも触れている。ユリイカ版『ラングストン・ヒューズ詩集』刊行の翌年のことであり、『ペタルの魂』はあの「ニホンザル・スキトオリメ」の童話版が発表された詩集である。木島の詩壇デビューの時でもあった。しかしその後二人の詩人はそれぞれ異なる道を歩んで、もはや道の交わることはほとんどなかった。

双方が連詩をやり始めてからも、それを意識するような発言は聞かれなかった。いや、意識しつつ距離を取る、ということだったかもしれない。ただ木島は文芸誌の読者に自分たちの連詩の活動のことを広く伝えたいという願いからか、文芸誌「すばる」二〇〇〇年二月号掲載の「新ジャンルの創出――四行連詩」を皮切りに、新たな四行連詩の趣旨や、聯詩（付句）の実例を披露するようになった。すると「すばる」二〇〇三年十二月特大号では大岡信と長谷川櫂による「両吟　三つ物のこころみ」と木島始の「漱石詩と親しんで」とが同時に掲載されて、大岡と木島が誌上接近する形になった。前者は二人で三行連句を巻くこと十六巻。終えてから、長谷川が個々の句について注解を記し、大岡が連詩を巻く魅惑について解説を書いている。たとえば巻七は、

春の雪茹でて蕪のすきとほり　　　　　耀
　まのあたり消ゆ雲に入る鳥　　　　　信
世の中は蛤のみし夢ならん　　　　　　耀

後者は漱石と虚子の共作による俳体詩（俳句四句で一詩連とする）「尼」のなかから木島は漱石の書いた句を選んで四行に崩し、彼の作法で四行詩を付けるというやり方で二十二例を提示している。たとえば、

月に／　花に／　弥陀を念じて／　知らざりき　　　漱石
竜も／　虎も／　弥陀の本願に／　牙ぬくや　　　　始

白露に／悟道を／問へば／朝な夕な　漱石
朝な夕な／菊を／化身と／かさねみて　始

この競演が発表当時どのような評判であったかは伝わっていないが、いま冷静に両者の作を見比べてみると、大岡・長谷川の三行連句は伝統的な連句の定めを守りつつ、春夏秋冬と朝昼晩の枠内で風流の極みを尽くそうとしているのに対して、木島の方は漱石の自由な発想に合わせて詩空間の広がりを求めて、モダンな感覚がある。しかし一句を四行に置き直すと、一行が短くなり、それに付けるにも、それに合わせなければならず、そのうえ三行目の語句を受ける、あるいは先行句の四行目を一行目で受けるという決まりが、ときに縛りとして窮屈にも感じられる。木島自身も両者の印象の違いを知覚して、内心少し慌てたのではないだろうか。もちろん自分が定めた新しい四行連詩の型への自信は揺るがないにしても、古典と付き合う面ではなお工夫が必要であると思ったのではないか。

木島は、病気がちの自分に残された人生の時間が少ないことを自覚しながら、いまや仕事の枠を広げて連詩関係の活動に一層励まなければならないという気持ちになったであろう。彼の重視する方向は次の三点であった。

第一に、「すばる」での「四行連詩で古典を楽しむ」のシリーズで試みた通り、漱石はじめ宗祇や古い連歌師の四行に木島が四行を付け、伝統とのつながりを探りつづけた。四行連詩の相手次第では、古典との関わりを身につけることが肝要と感じていたのであろう。第二に連詩やりとりの際の味付けとして木島が活用していたのは、江戸時代の川柳から習い覚えた諧謔のセンスであった。これは若い頃から詩作や劇作で木島が重視してきたものであり、四行連詩においても時に応じて利用価値があった。そして第三にとくに重要な要素と考えていたのは、これも若い頃から一貫してきた深刻な社会的な出来事に対する関心であった。折しも九・一一ニューヨーク貿易センター爆破事件後の時期だったこともあり、国際情勢への憂慮がとりわけ外国人との連詩が生まれるきっかけとなった。その典型的な例が〈爆撃の巻〉(「すばる」二〇〇三年六月号所収)である。その一部を引く。

I saw the hugest Mushroom Cloud grow,
not knowing what it did really mean.

Under its spell have we been breathing,
wasting time and destroying ourselves?
Kijima Hajime

巨大きわまる茸雲がむくむく育つのを　見た
じっさい何のことか　わからないままだった
その呪縛のもと　私たちは　自己破壊し
時を浪費し　呼吸をしてきたのか?
木島始

This time, experts confidently predict
the war will be over in six days at most.
No reason the world should take longer
to destroy than to create.
Neil Philip

こんどは　と確信ありげに　専門家たちは

いう　せいぜい六日で　戦争は終わると
そうだろうさ　長くかかりっこない
世界を創るより　破壊するのに

ニール・フィリップ／訳は木島

"I am become death the destroyer of worlds"
said the creator of Ground Zero who
also said, "We have known sin and
that is a knowledge we cannot lose."

Margaret Mitsutani

「われ　死神となりぬ＝世界破壊者に」
と言いしは　グラウンド・ゼロの創造者、
また曰く「われらは　罪を知ってきて、
それこそ　失うことのありえない一つの認識」

満谷マーガレット／訳は木島

この連詩では、爆撃というテーマのもと、三人の参加者がそれぞれ、日本の木島は広島の原爆を、英国のフィリップはドイツによる空爆を、アメリカ人満谷は九・一一を想起しながら、お互いに次に世界を襲う爆撃に恐怖を感じている。この作品は新しい連詩形式が人類のグローバルな感覚を、時間差を超えて表現するのにふさわしいことを示している。

詩壇では飯島耕一による定型詩の提唱と実践も話題になっている時期であり、新しい詩形式を世に問うには望ましい気運が訪れているようであった。木島の活動はフル回転し、協力者としても坂本宮尾、塔野夏子、文月奈津、岡野絵里子、田部武光、本間ちひろなどの詩人たちが木島の活動を支えた。それは大きな波になりかかっていたが、しかしその時点ですでに病魔が木島の身体を侵していたのである。入院中の木島から朝日新聞社刊の評論誌「論座」の編集室に書簡が届く。内容は仕事の近況報告で、アンソロジー『列島詩人集』の出版記念会のことと、四行連詩の活動のことが書かれていた。病気との闘いを仕事が支えているという趣旨である。「論座」編集部は木島にインタヴューしたうえで、二〇〇四年三月号に木島の書簡を掲載した。病気はC型肝炎に加えて悪性リンパ腫であった。重大な時期に病気なんぞに負けていられないとの強気の発言と見られたが、事実上は詩人の遺言となってしまった。同年八月十四日木島始は、薬石効なく、ついに不帰の人となった。

遺稿となったのは「ラングストン・ヒューズとの四行連詩を試みる」（「文学空間」第五期一号 二〇〇四年十一月刊所収）である。ここで木島は若い頃出版したヒューズ詩集の自らの訳を見直しながら、際立つ四行詩連を選び出し、それに木島自身とニール・フィリップ、リーザ・ローヴィッツ、満谷マーガレットがこもごも四行連詩を付け合った。いわばヒューズという大樹が広げる枝に四人で四行詩の短冊をむすんでいくようにも見える壮大な共同作品である。全体で六十五ページ、進行プランと日本語訳はすべて木島が受け持つ、とても死の直前になされたとは思えない作品である。ここで扱われているテーマは歴史、通夜、罪、ジャズ、赤十字、ラストコーナーなど、相互につながりがあり、出来上がった全体は立体的な交響詩のようでもある。これが連詩によって木島がめざしていた究極の形態だったのかもしれない。作品の終わり近く、ジャズの愛好者同士であったヒューズと木島が音楽をめぐって掛け合う一節を挙げてみよう。

Note in Music　Langston Hughes

Life is for the living.
Death is for the dead.
Let life be like music.
And death a note unsaid.

音楽音符　ラングストン・ヒューズ／訳は木島

命は生きているものたちの為にあり
死は死んだものたちの為にある
命を音楽に似させるのだ
して死はだんまり音符にだ　（一九三頁）

Seeing music　Kijima Hajime

Scripts are unspoken voices.

Calligraphy sends messages mutely.
I hear music in lovely letters.
Sight is united with sounds acutely.

音楽を見る　　　　　　　木島　始
手書き原稿は　口に出されていない声だ
筆跡は　黙々と伝言をとどける
わたしは聞く　美しい文字に音楽を
光景とひびきとは　鋭敏な結合のしかただ

（一九四頁）

ヒューズは、音楽の響きは生者のためのもの、サイレントの音符は死者のためのものだと唱える。それに応じて木島は、書かれた原稿は無音の声だ、風景と音楽も結び合うと言う。すなわち両者で、音楽は生と死を融合するものであり、また詩と自然を内包するものであることを表明している。こうして木島は、生涯にわたって自分の文学に動機を与えつづけてくれたヒューズに自分の死の前に真情の対称聯詩を捧げたと見てよいであろう。
それ以外の木島始とそのグループの四行連詩の成果は、上掲の二書につづいて刊行された木島始・田部武光・島田陽子・本間ちひろ［編］『四行連詩集近づく湧泉第二集』（土曜美術社出版販売　二〇〇五年）に収めて刊行されている。ここでは二人で巻く連詩を「双吟」、数名で巻くのを「巡回吟」、一人で巻くのを「独吟」として分類し、「バイリンガル四行連詩」を別立てにして、全体の活動が見通しよく編集されている。前二書同様、参加者各人が連詩体験や連詩についての意見を記しているが、とりわけこの『近づく湧泉第二集』は木島の死後に仕上げられたので、メンバーがこもごも木島への追憶の言葉を書き込んでいる。期せずして木島始追悼詩集ともいうべき内容をふくんでいるのである。その参加者の言葉から、木島流四行連詩の活動の姿を今に伝えていると思えるものを次に挙げてみたい。

日本における俳諧連歌の組み立て方からすれば、ルール違反をむしろその方法とする私たちの四行連詩、とくにデュオ（Duo）連詩などは、正統な連歌の世界から食み出した異端児あるいは継子の文芸かもしれない。「整理整頓をしている大人たちのそばで、喚声をあげて遊んでいる子供たち」と木島氏が自ら述懐しておられたように、土俗の、初心の遊びと言っていい。（宮沢　肇）

木島さんによる四行連詩への誘いはとても新鮮な驚きであった。ある形式の中に言葉を当てはめていく作業は、今までに書いてきた自由詩とは違う新たな試練と凝縮されることで言葉の意味が変化してしまう危険を含む落とし穴も伴うものである。しかし、四行という詩行は、鎖のように私に絡み合い与えてくれる緊張感と刺激が心地よく、その場で、あるいはその日のうちに作り上げるのに程よい定型であった。（李　承淳）

連詩では人から人へ言葉が渡されるので、詩が遠くまで移動する。先行の親しい詩人から四行の詩が届けられると、私は言葉が、異なる街の異なる机の上からやって来たのを感じた。メールの送付であったから、デジタルな点滅ではあったけれども、見えないページの沈黙の空間を確かに連れて来ているのだと思われた。（岡野絵里子）

発病後、木島先生に会う機会が少なくなってからも、ドイツ、フランス、オランダ、ギリシャなどの詩人たちとの「対称聯弾」が載った手製のはがきはたびたび送られてきました。世界中、先生のホームメイドの「魔法」にかけられた詩人たちが大勢いるわけです。詩人でない私もこの魔法の輪に快く入れてもらいました。木島先生亡き後、連詩の魔法を絶やさないことは何よりの供養だと思っている今日この頃です。

（満谷マーガレット）

聯弾の楽しみ

After the Funeral　　Kijima Hajime

Let's think about
What the fallen
Failed to deliver to us
Soul through soul *6

とむらいのあとは
たおれたひとの
たましいが
わたせなかったもの
かぞえよう

木島　始

Ishihara Takeshi

What looks does your soul have?
So tender it seems, wearing a beard as you had.
Some day an old donkey will bring a letter to me
and I'm waiting for it to the last.

石原　武

あなたのたましいは　やさしい顔をしているでしょう
あごひげ生やして　あなたのように
いつか騾馬のじいさんが手紙を届けてくれるでしょう
死ぬまでわたしは待ってます

〔中略〕

After the Funeral「とむらいのあとは」は、木島さんの晩年の四行四連の詩篇である。その冒頭の一連に聯弾したい誘惑に、私は勝てなかった。深い情況感覚を、精神性の高い言葉の緊張感で歌い上げる作業は木島さんしかできない。英語にも日本語にもその詩の知性がうかがえる。その触発に応える私の言葉に、木島さんのたましいは少しは失望しても、深く頷いてくれているだろう。

（石原　武）

＊1　大岡信、カリン・キヴス、川崎洋、グントラム・フェスパー著『ヴァンゼー連詩』（岩波書店　一九八七年）／大岡信『ヨーロッパで連詩を巻く』（岩波書店）／Makoto OOKA: Botschft an die Wasser meiner Heimat. Gedichte 1951-1996. 1997 Berlin。

＊2　四行連詩集『近づく湧泉』（土曜美術社出版販売　二〇〇〇年）六三頁。

＊3　同書一五二頁。
＊4　木島はときおり「対照聯詩」という表記も用いているが、本稿では「対称聯詩」に統一した。
＊5　木島、石原、新延編『バイリンガル四行連詩集〈情熱〉の巻　その他』（土曜美術社出版販売　二〇〇三年）一一頁。
＊6　木島始編『楽しい稲妻』一二七頁。

木島始略年譜

一九二八（昭和三）年

二月、父勘市、母せつの五男として京都市に生まれる。本名、小島昭三。父は呉服卸商を営んでいたが、昭和十五年、政府のいわゆる贅沢禁止令のために廃業に追い込まれる。木島は明倫小学校から京都府立二中（現在の府立鳥羽高校）に進む。

一九四四（昭和十九）年　十六歳

旧制第六高等学校（岡山市）理科甲類に入学。

一九四五（昭和二十）年　十七歳

米軍の岡山空襲で寮が全焼したのち、広島県西高屋の製鉄工場で勤労奉仕していた折に「原爆」を体験する。被爆した学友の介護もした。

敗戦を経て、文科甲類（第一外国語英語の組）に転科する。

一九四六（昭和二十一）年　十八歳

京都学派の哲学者中井正一が終戦後郷里の尾道にいたところ、六高の特別講義に招かれた。中井の講義を聴いて、木島は戦争の苦難から甦った。

一九四七（昭和二十二）年　十九歳

東京大学文学部英文学科に入学。

入学早々胃腸を壊し、一年休学し、京都の自宅で療養。京都のＣＩＥ図書館に通って大学での勉強の準備をする。アメリカ文学を専攻することを決める。

同期のアメリカ文学専攻者には井上謙治と浜本武雄がいた。

一九四八（昭和二十三）年　二十歳
東京大学学生新聞の編集の手伝いをする。

私立高校の英語の時間講師をする。

一九五〇（昭和二十五）年　二十二歳
木島始編集のガリ版刷り雑誌「トロイカ」創刊。一三号（五五年）まで出版する。創刊号には詩「暴圧の空」を無署名で、短篇「鋪道の影」を署名付きで掲載。野間宏と知り合う。

一九五一（昭和二十六）年　二十三歳
東京大学卒業。卒論にはフォークナーの『八月の光』を扱う。指導は中野好夫教授だった。

都立北野高校（現在は存在していない）の教諭となる。

辻井喬と知り合う。

一九五二（昭和二十七）年　二十四歳
ラングストン・ヒューズとの文通が始まる。

編訳、アメリカ黒人詩集『ことごとくの声をあげて歌え』（未來社）。

詩誌「列島」創刊（一九五五年まで通巻十二冊発行）。

一九五三（昭和二十八）年　二十五歳
「列島」四号から発行人となる。編集人は関根弘。

『木島始詩集』（未來社版）、跋文・野間宏。（二〇一五年にコールサック社から復刻版が出る）。

一九五四（昭和二十九）年　二十六歳
専修大学専任講師となる。
アンソロジー、木下順二、木島（編）『イギリス解放詩集』（河出文庫）。
一九五五（昭和三十）年　二十七歳
アンソロジー『列島詩集』（知加書房）を出して、「列島」の活動は終了。『列島詩集』の出版記念会には瀬木愼一の司会、針生一郎、木原孝一、武井昭夫をパネラーとするシンポジウムが行われた。
一九五六（昭和三十一）年　二十八歳
東京で銀行勤務していた元教え子の金子光子と結婚。
一九五八（昭和三十三）年　三十歳
詩集『蕾の漂流』（的場書房）画／田辺善夫。
一九五九（昭和三十四）年　三十一歳
長女希里誕生。
編訳『ラングストン・ヒューズ詩集』（書肆ユリイカ）。
小説「未遂の日々」（「近代文学」三月号）。
一九六〇（昭和三十五）年　三十二歳
小説「失墜の日々」（「近代文学」九月号）。
来日のハリー・ベラフォンテのコンサートを聴く。
詩集『ペタルの魂』（飯塚書店）、跋文／大岡信。
詩画集『考えろ丹太！』（理論社）画／池田龍雄。

一九六一（昭和三十六）年　三十三歳
前年から肝炎を病む。「病床日記」「忘病日記」を記す。

『黒人文学全集』全十三巻（早川書房）刊行開始。

翻訳、ジーン・トゥーマー『砂糖きび』（早川書房『黒人文学全集』第四巻）。

「二十世紀文学研究会」がアメリカ文学、ユダヤ文学、アイルランド文学、中国文学等の研究者によって結成され、その会員となる。

詩劇『炎の手紙』（『ジャズの窓口』改題改稿）大阪フェスティバルホールで上演。

小説「迷彩の日々」（「現代芸術」第三号）。

一九六二（昭和三十七）年　三十四歳
木島始・皆河宗一編訳『詩・民謡・民話』（早川書房『黒人文学全集』第十二巻）。

四月十五日　医師である兄・徳造、ニューヨークでヒューズを訪問、弟について語る。

一九六三（昭和三十八）年　三十五歳
法政大学第一教養部専任講師となる。

再来日のルイ・アームストロングのコンサートを聴く。

詩画集『沼の妖鳥たち』（昭森社）リトグラフ／山下菊二。

一九六四（昭和三十九）年　三十六歳
来日中のドラマー、マックス・ローチ夫妻と歓談する。

二女英里誕生。

暮れから翌年正月にかけて、長谷川龍生、岩田宏と三人で、レニングラード、モスクワ、ミンスク、プラハを旅する。

一九六五（昭和四十）年　三十七歳
一月十二日　三人でイリヤ・エレンブルクを訪問する。

一幕劇『喜逸K判事の法廷』発見の会による上演、千日谷会堂にて。

十一月二十二日　NHK第一、第二（ステレオ）でN響によるオペラ『ニホンザル・スキトオリメ』放送初演、作曲／間宮芳生、脚本／木島、指揮／若杉弘。

エッセイ集『詩　黒人　ジャズ』（晶文社）。

一九六六（昭和四十一）年　三十八歳
三月十四日　オペラ『ニホンザル・スキトオリメ』舞台初演、第六回NHK音楽祭、創作歌劇の夕べ、指揮・若杉弘。東京文化会館にて。

小説「ある亭主の徳政」（「二十世紀文学」五号）。

編訳『ラングストン・ヒューズ詩集』（思潮社）。

一九六七（昭和四十二）年　三十九歳
ラングストン・ヒューズ死去。日本への招待準備中だったこともあり、衝撃が大きかった。

詩画集『かえるのごほうび』（福音館書店）レイアウト／梶山俊夫。

【絵本】『はなをくんくん』（福音館書店）文／ルース・クラウス、画／マーク・シーモント、訳／木島。

一九六八（昭和四十三）年　四十歳
編訳『ホイットマン詩集』（河出書房）。

翻訳、ラングストン・ヒューズ『ジャズの本』（晶文社）。

【絵本】『うりこひめとあんまんじゃく』（岩崎書店）画／朝倉摂。

一九六九（昭和四十四）年　四十一歳
作品集『列島綺想曲』（法政大学出版局）。

短篇集『跳ぶもの匍うもの』（晶文社）。

【絵本】『イギリスのわらべうた』（さ・え・ら書房）画／金子ふじ江。

一九七〇（昭和四十五）年　四十二歳
詩画集『手』（晶文社）画／藤田吉香。

詩画集『こんなくりかえしは』（私家版）画／山内亮。

【絵本】『ゆきむすめ』（岩崎書店）絵／朝倉摂。

　同　『ゆきのひ』（偕成社）文・画／エズラ・ジャック・キーツ、訳／木島。

一九七一（昭和四十六）年　四十三歳
児童向詩集『もぐらのうた』（理論社）。

詩集『私の探照灯』（思潮社）。

詩画集『予兆』（私家版）画／山下菊二。

第三十八回NHK全国学校音楽コンクール課題曲（高校の部）に木島始作詞、三宅榛名作曲の「ひとみのうた」が選ばれる。

一九七二（昭和四十七）年　四十四歳
エッセイ集『続・詩　黒人　ジャズ』（晶文社）。

『モグラのうた』により第二回日本童謡賞を受賞。

アメリカ側の招聘を受け在外研究のため渡米。アイオワ大学で、ポール・エングル教授の指導の下「国際創作プログラム」に参加。

詩画集『なによりもまず』(私家版) 画／梶山俊夫。

詩画集『緑の部屋』(福音館書店) 画／山内ふじ江。

現代詩文庫53『木島始詩集』(思潮社)。

【絵本】『えんにちまいご』(講談社) 画／朝倉摂。

一九七三(昭和四十八) 四十五歳
【絵本】『もりのおんがく』(福音館書店) 画／羽根節子。

一九七四(昭和四十九)年 四十六歳
エッセイ集『絵本のこと歌のこと』(晶文社)。

編訳詩集『平凡な恋人の歌』(河出書房新社)。

一九七五(昭和五十)年 四十七歳
E・E・カミングス作、木島始訳『サンタクロース』五景。ドナルド・リチー演出・作曲。新宿紀伊國屋ホールにて上演。

詩集『ふしぎなともだち』(理論社) 画／上矢津。

作品集『はたちすぎ』(晶文社)。

詩画集『日本共和国初代大統領への手紙』(創樹社) 画／本田克己。

編訳詩集『やさしいうた』(サンリオ出版) 画／堀内誠一。

"The Poetry of Postwar Japan" (University of Iowa Press)。

【絵本】『こびとののこぎり』（童心社）画／本田克己。

同 『えどのあねさま』（あかね書房）画／朝倉摂。

一九七六（昭和五十一）年 四十八歳
詩集『千の舌で』（新日本文学会出版部）。

翻訳、ラングストン・ヒューズ自伝第一巻『ぼくは多くの河を知っている』（河出書房新社）。

同、ヒューズ自伝第二巻『きみは自由になりたくないか』（同）。

同、ヒューズ自伝第三巻『終りのない世界』（同）。

一九七七（昭和五十二）年 四十九歳
詩集『パゴダの朝』（青土社）。

編訳、ラングストン・ヒューズ評論集『黒人芸術家の立場』（創樹社）。

一九七八（昭和五十三）年 五十歳
詩画集『空のとおりみち』（八戸市立湊中学校養護学級共同作品）。

同 『やまとうた夢まんだら』（麦書房）画／前田常作。

同 『あわていきもののうた』（晶文社）画／梶山俊夫。

同 『もりのうた』（佑学社）画／ミルコ・ハナーク。

十一月三十日、林光作曲のカンタータ『脱出』が、作曲者の指揮、新星日本交響楽団により渋谷公会堂で上演された。

一九七九（昭和五十四）年 五十一歳
童話「ラーラセンペラテラピーオ」（「文学空間」創刊号）。

詩画集『木のうた』『鳥のうた』（佑学社）画／ジョールジュ・レホツキー。

銅版画集『線幻譜――リニアスプロイ』（土曜美術社）。

歌物語『雲の中のピッピ』（私家版）作曲／林光。

十二月七日、高橋悠治作曲の詩「回風歌」が法政大学アリオンコール（指揮／田中信昭）により郵便貯金ホールにて初演される。

【絵本】『あんぱんじまのマロちゃん』（童心社）画／山内ふじ江。

　同　『三人とんまなぞなぞうた』（太平出版社）画／多田ヒロシ。

一九八〇（昭和五十五）年　五十二歳
第一回小熊秀雄研究会、法政大学で開かれる。

個展「線幻譜」新宿エスパース土曜にて開催。

アンソロジー『地球に生きるうた』（偕成社）。

詩画集『すっとびロクスケ』（筑摩書房）画／梶山俊夫。

一九八一（昭和五十六）年　五十三歳
詩集『回風歌・脱出』（土曜美術社）。

編訳詩集『異邦のふるさと』（土曜美術社）。

一九八二（昭和五十七）年　五十四歳
短篇集『阿呆な友』（晶文社）。

詩画集『ゴロベエのむかしばなし』（理論社）。

一九八三（昭和五十八）年　五十五歳

詩画集『はらっぱのうた』（晶文社）画／石渡萬里子。
一九八四（昭和五十九）年　五十六歳
詩画集『花のうた』（佑学社）画／大道あや。
詩集『双飛のうた』（青土社）。
第五十一回ＮＨＫ全国学校音楽コンクール課題曲（中学の部）に木島始作詞、新実徳英作曲の「虹のうた」が選ばれる。
一九八五（昭和六十）年　五十七歳
国際児童文学シンポジウムが法政大学で開かれ、参加する。
詩画集『イグアナのゆめ』（理論社）画／梶山俊夫。
一九八六（昭和六十一）年　五十八歳
小熊秀雄と親しかった中国の雷石楡が夫人とともに来日。
雷夫妻を丸木記念館に案内する。
一九八七（昭和六十二）年　五十九歳
十月十七日　法政平和大学の催しで「小さな体験と大きな脅威」と題する講演を行う（草稿はエッセイ集『群鳥の木』にあり）。
第五十四回ＮＨＫ全国学校音楽コンクール課題曲（高校の部）に木島始作詞、林光作曲「巨木のうた」が選ばれる。
一九八八（昭和六十三）年　六十歳
エッセイ集『新版絵本のこと歌のこと』（晶文社）。

一九八九（平成元）年　六十一歳

第五十六回ＮＨＫ全国学校音楽コンクール課題曲（高校の部）に木島始作詞、三宅榛名作曲「ひとみのうた」が再度選ばれる。

一九九〇（平成二）年　六十二歳

詩集『遊星ひとつ』（筑摩書房）。

法政大学で小熊秀雄賞記念集会、三百人集まる。木島は賞の審査委員。

一九九一（平成三）年　六十三歳

法政大学退職。

一九九二（平成四）年　六十四歳

翻訳、木島始、鮫島重俊、黄寅秀（訳）Ｗ・Ｅ・Ｂ・デュボイス『黒人のたましい』（岩波文庫）。

一九九三（平成五）年　六十五歳

編訳、改版『ラングストン・ヒューズ詩集』（思潮社）。

一九九四（平成六）年　六十六歳

日英対訳四行詩集『われたまご Cracking Eggs』（筑摩書房）。

一九九五（平成七）年　六十七歳

五月〜七月展示会『恋人たちと詩』佐岐えりぬの詩とともに展示。軽井沢ペイネ美術館にて。

一幕ひとり芝居『オーロラ・リーさん呼んできてよ』下北沢オフ・オフシアターにて上演。主演・大方斐紗子、演出・勝田安彦。

夏、津坂治男、佐川亜紀、アーサー・ビナードと四行連詩を試みる。

長長忌《じゃんじゃん》で、木島組の四行連詩を甲田四郎が朗読する。

児童向け詩集『やたらうた』『朝の羽ばたき』（かど創房）。

一九九六（平成八）年　六十八歳
小田久郎「『列島』――その編集的側面」（「新日本文学」九月号）。

木島始「出版社主、小田久郎氏への公開の手紙」（「新日本文学」十二月号）。

英訳詩集 Responses Magnetic.（University of Hawaii Press）。

一九九七（平成九）年　六十九歳
アンソロジー『列島詩人集』（土曜美術社出版販売）。

右の出版記念会、私学会館で開催され、二百五十五名が参加。第一部は長谷川龍生と木島始を中心にシンポジウム、第二部はスピーチ、そのなかで辻井喬は、国家にとって詩人はつねに危険な存在であるべきだと信念を披瀝した。

エッセイ「新鮮な詩の試みにのりだして」（「季刊銀花」一一一号）。

翻訳、『対訳　ホイットマン詩集』（岩波文庫）。

翻訳、ナット・ヘントフ『ジャズ・カントリー』（晶文社）。

一九九八（平成十）年　七十歳
石原武、新延拳、木島による日英対訳四行連詩集 “Linked Quatrains”（Stones Library）。

日英対訳現代詩アンソロジー『楽しい稲妻 A Zigzag Joy』（土曜美術社出版販売）。

一九九九（平成十一）年　七十一歳
木島×坂本宮尾の四行連詩集『うたう渦まき』（蝸牛社）。

木島始ほか『ある京町屋の一〇〇年』（透土社）。

詩集『流紋の汀で』（土曜美術社出版販売）。

四行連詩集『根の展望』（土曜美術社出版販売）。

四〇篇に聯弾する『越境 Crossing the Borders』（土曜美術社出版販売）。

二〇〇〇（平成十二）年　七十二歳
エッセイ「四行詩話ふたつ」（「文学空間」四巻六号）。

四行連詩アンソロジー『近づく湧泉』（土曜美術社出版販売）。

日本現代詩文庫101『新 木島始詩集』（土曜美術社出版販売）。

四行連詩集『〈充たす〉の巻』（土曜美術社出版販売）。

エッセイ「隠れ井戸水とくとくと」（「文学空間」四巻七号）。

『児童文学コレクション』（創風社）全七冊刊行開始。

エッセイ「新ジャンルの創出――四行連詩」（「すばる」二月号）。

エッセイ「世界発の『連詩アンソロジー』を出して」（「東京新聞」三月二十一日）。

二〇〇一（平成十三）年　七十三歳
【絵本】『木』（福音館書店）画／佐藤忠良。

二〇〇二（平成十四）年　七十四歳
エッセイ「四行連詩／七年余から」（「文学空間」四巻九号）。

エッセイ集『ぼくの尺度』（透土社）。

二〇〇三（平成十五）年　七十五歳

アメリカの詩人アサム・ハミルが提唱する「反戦詩の日」（二月十二日）に参加。

木島、石原、新延（編）『バイリンガル四行連詩集〈情熱の巻〉・その他』（土曜美術社出版販売）。

木島、満谷、フィリップによる「四行連詩〈爆撃の巻〉」（「すばる」六月号）。

エッセイ「四行連詩で古典を楽しむ①漱石詩と親しんで」（「すばる」十二月号）。

新・日本現代詩文庫18『新々木島始詩集』（土曜美術社出版販売）。

二〇〇四（平成十六）年　七十六歳
エッセイ「四行連詩で古典を楽しむ③宗祇／群星たち」（「すばる」六月号）。

エッセイ（付・インタヴュー）「創作こそわがいのち――がん闘病を支えた四行連詩の魅力――」（朝日新聞社「論座」三月号）。

八月十四日　悪性リンパ腫で死去。

八月十八日　石神井台の宝亀閣斎場で葬儀。

四行連詩のパノラマ、木島、満谷、フィリップ、ローウィッツによる『ラングストン・ヒューズとの四行連詩を試みる』（「文学空間」五巻一〇号）。

二〇一五（平成二十七）年
未來社版『木島始詩集』（一九五三）の復刻版をコールサック社が出版する。

二〇一九（平成三十一）年
一月二十七日　作曲者間宮芳生の九十歳を記念してオペラ『ニホンザル・スキトオリメ』オーケストラ・ニッポニカによる再演、すみだトリフォニーホールにて。

あとがき

木島始という詩人は児童文学の領域の人だと思っている人も多いだろう。幼い時分に親しんでいた絵本や童話本の表紙にこの名前が記されているのを覚えている人がいるにちがいない。あるいは高校生時代にコーラス部で歌った曲のなかに、木島始作詞というのがあったのを、珍しい名前だから覚えているという人もいるのだろう。たしかに木島始は少年少女のためにたくさんの詩や物語を書いた。

しかしそればかりではないのである。彼は戦後詩人の一人として、日本社会の未来について想いを凝らしながらアイデア豊かな詩を書いていた。

近代日本の詩人たちは主としてボードレールやランボーなどフランスの詩人を手本とした。ところが木島はアメリカの文学、とりわけ黒人の文学と音楽のもつ文化的重要性に着目したのである。アメリカの黒人はアフリカから奴隷として連れてこられたとき、その運命を引き受け、新しい言語を身につけ、差別と闘いつつ、独自の文化を切り拓いていった。この断絶を乗り越えて大きな転身を敢行した黒人たちが、木島にとって文化観の一つの基準になるのだ。彼から見ると、日本の歴史にも断絶のような節目はあったけれども、傷口は小さいうちに塞いで、大事に到らないように手を打ってきたように思える。

　戦中戦後の体験から出発し、早いうちに黒人文化を学んだ詩人には、万世一系的なものを尊しとするような志向はとぼしい。むしろ変化こそ世界の心と把握し、自分の「探照灯」で観測しながら、「千の舌」を巧みにあやつり、男と女の「双飛」を歓び、東洋の「パゴダ」になぞらえて宇宙の元素を語り、地球に生きる人々を一つの「遊星」の住人としてなつかしむ。そして最後にはみんなのための四行連詩を開発する、そんな詩人木島始を本書では紹介させていただいた。

　私は「二十世紀文学研究会」の会員として木島さんと知り合いになったが、詩人として交流があったわけではない。復刻版の『木島始詩集（未來社版）』を読んだのがきっかけでこの詩人の真実の姿を知り、本書を書こうと思い立った。研究会のメンバーは私の計画を応援してくださり、資料や情報を提供してくださった。会員のみなさまのご支援がなければ本書は実現不可能だった。また、布川鴇編集の雑誌「午前」にはこの木島論の連載をすることで、貴重な誌面を使わせていただいた。木島の晩年、とくに四行連詩を推進していた詩人を土曜美術社出版販売の加藤幾惠前社主と高木祐子現社主が支援していた。そのことを知る私は、本書も同社から刊行することをお願いした。著作権所有者の小島光子夫人にも日本近代文学館の西村洋子様にもお世話になった。みなさまに改めて厚く御礼申し上げます。

二〇二〇年六月十四日

神品芳夫

著者略歴

神品芳夫（こうしな・よしお）

一九三一年東京生

二〇一六年　詩集『青山記』（本多企画）

日本詩人クラブ会員

現住所　〒107―0062　東京都港区南青山四―五―一

木《き》島《じま》始《はじめ》論《ろん》

発行　二〇二〇年十一月二十五日

著者　神品芳夫
装丁　直井和夫
発行者　高木祐子
発行所　土曜美術社出版販売
〒162-0813　東京都新宿区東五軒町三―一〇
電話　〇三―五二二九―〇七三〇
FAX　〇三―五二二九―〇七三二
振替　〇〇一六〇―九―七五六九〇九
印刷・製本　モリモト印刷

ISBN978-4-8120-2593-2　C0095